殺める女神の島

秋吉理香子

角川書店

殺める女神の島

装丁　大久保伸子
装画　雪下まゆ

目次

〈ミューズ・オブ・ジャパン募集要項〉
○十八歳から三十二歳の独身女性
○日本国籍を有すること
○結婚、出産経験がないこと
○心身ともに健康であること
○身長百六十五センチ以上であること
○タトゥー、ボディピアス、豊胸手術を行った方の応募はご遠慮いただいております

プロローグ

灰色の空からは容赦なく雨が降り注ぎ、海は荒々しい波を立てている。視界が悪い中、船員は必死で目を凝らして双眼鏡を覗《のぞ》き込んでいた。やがてレンズの片隅に、赤い色が浮かんで消える。もう一度見る。間違いない。

「ボートを発見しました！」

船員が緊迫した声をあげると、救命艇の操舵《そうだ》室は騒然となった。モルディブから二百キロほどの海域から救助信号を受信し、捜索していたところだった。

「甲板に人が倒れているのが見えます。一名かと思われます」

「よし、これより救助へ向かう」

船長の声に、船員がボートの方へ舵《かじ》を切る。荒い波間に、ボートが一艘、木の葉のように翻《ほん》弄《ろう》されていた――

第一章

「見て！　リゾートアイランドよ！」

パノラマウィンドウから見える景色に、誰かが歓声を上げた。

クルーザー船内とは思えないほど豪華に設《しつら》えられた空間でシャンパンやフルーツを楽しんでいたわたしたちは、グラスを持ったままサンデッキへと走り出た。もちろん全員、日焼け対策として大きな帽子やサングラス、そして羽織るものは忘れていない。

サンデッキからは、どこまでも続くサファイヤブルーの海が見渡せた。船首からきらきら光る飛沫《しぶき》があがり、その先に小さな島が見える。

――ああ、ついに来たのだ。

気持ちの良い潮風に髪をなびかせながら、わたしはシャンパンに口をつけた。ほろ酔いで火照った頬に、潮風が気持ち良い。サンデッキを見渡すと、他の女性もそれぞれドリンクを楽しみながら、優雅なポーズで島に見入っている。

わたしを含めた七人の女性は、ビューティーコンテスト『ミューズ・オブ・ジャパン』のファイナリストだ。書類選考である一次審査に合格した三十名が東京に集められ、二次審査として一流ホテル内の会場でウォーキング審査と水着審査が行われた。そこで勝ち抜いた七名が、わたしたちなのだ。

二次審査が終わるとすぐにマスコミによる写真撮影とインタビューがあり、そのあとは児童養護施設への慰問、献血と骨髄ドナー登録の呼びかけ、ドメスティックバイオレンス防止活動、紛争地に暮らす子供たちへの募金活動など、何件ものチャリティイベントに駆り出された。互いに名乗り合うくらいの時間しかなく、ただあちこちで一生懸命イベントのアピールをし、ホテルの部屋で泥のように眠り、そして今日、クルーザーに乗り込みリゾートアイランドへと向かっている。ビューティーキャンプと呼ばれる美の特訓合宿が行われるのだった。

それぞれ身長が百七十センチ前後という、迫力のあるボディ。時代の傾向として全面的に『美貌《びぼう》』を選考基準としてはいないが、それでも全員美人の部類に入るだろう。そんな女たちがサンデッキで笑いさんざめく様子は、確かに美の女神たちが無邪気にたわむれているように見えるかもしれない。

モルディブからクルーザーで五時間の旅。クルーザーとは言ってもラウンジの他にジャグジーバスもあり、スイートルームが四部屋もある海上の洋館だ。五時間の船旅で退屈させないようにピンボールやダーツなどのアーケードゲームもあり、キッチンではミシュランシェフがキャビアなど高級食材をふんだんに使ったオードブルをいくらでも作ってくれる。もちろんバーカウンターには世界各地からの高級酒が揃っているし、ソムリエがオードブルと女性たちの気分に合わせたワインを自由自在に見繕ってくれる。

　すっかりスポイルされてしまいそうになるが、わたしたちはあまりお腹を満たすわけにはいかない。島に着いたら晩餐《ばんさん》会が催されるからだ。

　クルーザーが近づくにつれて、わたしたちに向かって歓迎の両手を広げるかのように、白い砂浜が広がっているのが見えてくる。砂浜から小高くなった場所に、白亜のヴィラがあるのも。新しく開拓され、開発されたばかりの無人島。オーナーがこのコンテストの主催者であり、二週間のビューティーキャンプのあとに開催されるファイナルステージが、大々的なオープンイベントとなる。つまりわたしたち七人は、記念すべき最初のゲストなのだ。

　クルーザーが徐々に速度を落とし、透きとおった海へ突き出した桟橋へと、ゆっくりと着岸した。つい最近まで未開の地だったこともあり、圧倒的な大自然が残っている。

　クルーザーが停止すると、一人、また一人と桟橋へファイナリストが降り立っていった。ゴージャスなネイルが施されたつまさきを見せびらかすようなサンダルやミュールが、まだ真新しい桟橋に高い音を響かせて砂浜へと向かう。しかし砂浜へ着いた途端、サンダルやミュールは脱ぎ捨てられることになった。あまりにも砂が白くて、やわらかかったから。きめ細かな白砂糖のようで、素足で歩いてみたいという誘惑に、わたしたちは勝てなかった。

「なんて気持ちがいいの！」

わたしは思わず叫んだ。ハイヒールでの移動で疲れていた足を、ほどよく熱された砂がさらりと包んでくれる。砂浜ではしゃぐわたしたちを微笑ましげに見ながら、クルーザーからは次々とスタッフが下船し、ヴィラへと向かっていく。

「最高ね。泳ぎたいくらいだわ」

神奈川出身の舞香《まいか》が、艶《つや》やかな黒髪をなびかせ、歓喜の声をあげた。クルーザーの中でやっと互いに話す時間ができ、その時にいくつものミスコンで優勝しているタイトルホルダーであると教えてくれた。肌が輝くように白く、目鼻立ちが整っていて真っ赤な唇がほどよく肉感的だ。さすがタイトルホルダーだけあって、この女性たちの中では一番目を惹《ひ》きつける。

「泳ごっか。水着、バッグに入ってるよ」

姫羅《ていあら》がワンピースのファスナーに手をかける。ティアラという、いわゆるキラキラネームからも察せられる通り、この七人の中では一番若い十八歳で、岡山から来た現役女子高生のモデルだ。二次審査で初めて顔を合わせた時、金髪とやたら目元を盛ったギャル風メイクに驚き、そして「こんな子がファイナリスト？」と眉《まゆ》をひそめた。が、すぐに姫羅が選ばれた理由がわかった。

姫羅は顔が小さく九頭身で、手足が長く、それでいてバストが豊満という、完璧《かんぺき》なプロポーションを持っていた。まだ成熟しきる前の、はつらつとした爽《さわ》やかな色気があり、眩《まぶ》しいほどの笑顔で見る者を惹きつける。二次審査では上品で清楚《せいそ》で、同じような話し方やふるまいをし、似たような顔ぶれの女性たちが多かった。そんな中、言葉遣いも女子高生そのもので、しぐさも洗練されていない彼女は新鮮かつ個性的で、確かにこんな「次世代のミューズ」が誕生してもよいのではないか、と思わせた。

「いいね。わたし、クルーザーに乗るって聞いてたから、濡《ぬ》れてもいいように下にビキニを着てきたんだ」

まりあは思い切りよくTシャツを脱いだ。美人ヨガインストラクターで、SNSで自身のチャンネル『まりあヨガ』に百万人のフォロワーを持つインフルエンサーでもある。彼女が動画で着用する衣装や使うメイク道具、エクササイズグッズは何億円もの売り上げをあげ、業界では「まりあ売れ」と呼ばれているらしい。わたしも『まりあヨガ』を観て休日にヨガをしていたので、このコンテストで彼女に会えた時は感激した。

「泳ぐですって？　バカなこと言わないでよ」

はしゃぐ女性陣に遠慮なく水を差したのはエレナだ。よくよく見れば、彼女だけ素足になっていない。

アメリカ育ちの医師で、髪を巻いたり結ったりゴージャスに見せようとしているファイナリストの中で唯一のショートボブ。化粧っ気もあまりない。けれども小さく整った輪郭の中にきれいなアーチ形の眉や理知的な光を宿した目、厚すぎず程よくなまめかしい唇がバランス良く収まっていて、顔立ちは七人の中で一番美しいと、わたしは個人的に思う。

「でも少しくらいやったら、ええんとちゃう？　誰もおらんし」

甘えるように首をかしげたのは京都出身のシェフ、京子《きょうこ》だ。実家は京野菜を生かした料理を提供するイタリアンレストランで、「京都生まれの『京子』って、単純すぎてありえへんやろ？」と、クルーザーで話した時に嘆いていた。色白で、目は切れ長で黒目がち、そしてはんなりとした京都弁。こんな和風美人に見つめられたら、同性のわたしでもどぎまぎしてしまう。

「ダメよ。さっさと行きましょう。晩餐会のために準備もしなくちゃいけないんだから」

エレナは硬い態度を崩さず、さっさと砂浜をサンダルのまま進み始めた。

「あーあ、つまんないの」

姫羅はファスナーをあげ、まりあはTシャツを着直しながらエレナの後をついていく。他のみんなも、それに続いた。

少し歩くとゴルフカートがやってきた。運転手は停車すると、降りてうやうやしくお辞儀をする。

「みなさま、ようこそいらっしゃいました。ヴィラへお連れいたします」

四人乗りのカートが前後二台に連結されていて、わたしたちは全員収まった。広い砂浜を、カートが爽快《そうかい》に駆け抜ける。なにもかもが映画のワンシーンのようだった。

白い砂浜を抜けると舗装された道路に出た。赤や紫、だいだい色の珍しい南国の花が、両側に咲き乱れている。なんという美しい島だろうか。まさに地上の楽園だ。うっとりと酔いしれているうちにカートはヴィラの敷地内に入り、赤煉瓦《あかれんが》のロータリーをぐるりと回って建物の前に停まった。

南国のヴィラでよく目にするのは茅葺《かやぶき》屋根だが、この島のヴィラは南フランスやエーゲ海などのリゾートを思わせるような、モダンでスタイリッシュな白亜の建物だった。二階建てのようだが横に広く、かなりの面積がありそうだ。カートが停車した場所から入り口まではレッドカーペットが敷かれており、それがまた女性たちの気分をあげた。

レッドカーペットの先で、ゴルフカートを降りた運転手が重厚なマホガニーのドアを開けてくれる。ヴィラへ足を踏み入れたみんなは、ほうっとため息をついた。

壁には大きな窓ガラスがはめ込まれていて、エントランスから一気に海まで見渡せる開放的な造りになっている。真っ白い大理石の床の上には、海と同じサファイヤブルーを基調としたヴェルヴェットのソファが置かれている。見惚《みと》れていると、黒いスーツに蝶《ちょう》ネクタイをつけた男性が近づいてきた。

「ようこそ。本日のみとなりますが、メートルDとして、みなさまのお世話をさせていただきます」

そう言うと、彼は深く頭を下げた。

「メートルDってなんだろう」

小声でわたしが呟《つぶや》くと、舞香が耳打ちして教えてくれた。

「おもてなしの責任者ってこと」

執事のようなものだろうか。あえてメートルDと呼ぶところに、特別なものを感じる。

「一階にはバンケットルーム、サロン、ジム、スパ、サウナがございます。海に面したインフィニティプールが自慢でして、絶景をお楽しみいただければと思います。客室は二階、もちろん全室オーシャンビューです」

メートルDが説明し、わたしたちに鍵《かぎ》を渡した。

「こちらがお部屋の鍵になります。お荷物はすでにお運びしていますので、ごゆっくりおくつろぎください。晩餐会は十八時からとなります」

渡された鍵を持って、わたしたちは二階に上がった。エントランスのソファと同じ色のサファイヤブルーのカーペットが敷き詰められた廊下には、ベルガモット系のアロマオイルの香りが品よく漂っていた。壁用シャンデリアが控えめに客室のドアを浮かび上がらせている。

「じゃあ、あとでね」「はあい」「お疲れ様」

みんなが、それぞれの部屋に入っていく。わたしも鍵を開けて部屋に入った。二十畳ほどのオーシャンビューの部屋だ。天蓋《てんがい》付きベッドの上にはブーゲンビリアの花束と共に「Welcome, Ms. Misaki Kimijima」とカリグラフィーで手書きされたカードが置かれている。

スーツケースは、ベッドサイドに置かれていた。わたしのスーツケースは、全部で四個。書類審査に合格したという知らせが来てから慌てて揃えたドレスなどが入っている。二次審査にも合格すれば、そのままビューティーキャンプへ参加できるということだったので、ドレス以外に普段着や洗面用具なども詰め込んできた。ファイナリスト発表後、肩を落として大きなスーツケースを引きずって帰ることになった参加者を見ながら、なけなしのお金で揃えたものが無駄にならなくてよかった、と安堵《あんど》した。

参加者の荷物は多い。ドレスは嵩《かさ》張るものもあるし、そうでなくても皺《しわ》になるのを避けるため、基本的に一着につきスーツケースひとつが必要だ。普段着も気を抜けないから毎日違うコーディネートを準備してきているし、それぞれに合わせた靴やハイヒール、アクセサリー、バッグもある。他にはメイク道具にハンディエステ、筋力トレーニング用のダンベル、こだわりのバスグッズにヘアケア用品、ボディクリーム、などなど。

わたしのドレスは一着五、六万円のものが三着。靴や普段着、化粧品もブランド品ではない。それでも事務の派遣社員をしているわたしには精いっぱいだった。貯金もほとんどなく、一人暮らしのマンションの家賃を払ってぎりぎり生活ができる程度。わたしが小学生の時に自営業をしていた父親が亡くなって以来、贅沢《ぜいたく》な暮らしには縁がなくなった。今回の支度も、ファイナルに進めなければ寮付きの仕事を探す覚悟でマンションを解約して狭い実家に戻り、返ってきた敷金でまかなったくらいだ。

そんなわたしは四個のスーツケースでも多いと思っていたが、これまで国内外たくさんのコンテストに出場し、タイトルホルダーでもある舞香は、なんと八個も持ってきていた。舞香は大学院生だが、通う大学のミスコンでの優勝に始まり、国内だけでもミス・和装やミス・ジュエリー、ミス・ビューティフルヘアなど多くのコンテストで優勝、または入賞してきた。その度に賞金や海外旅行、ドレスや化粧品、エステの会員権などの豪華賞品を受け取ってきたらしい。姫羅から「ミスコン荒らしじゃん」とからかわれると、「そんなつもりないわ、誤解よ」と困ったように微笑んでいたが。

そんな舞香によると、この『ミューズ・オブ・ジャパン』は「いたれりつくせり、破格待遇のコンテスト」であるらしい。

「普通はファイナリストに対して、ここまで事務局がおぜん立てしてくれないわ。そもそも審査会場までの交通費は自費が当たり前。荷物だって、みんな大きなスーツケースを自力で引きずって来るのよ。五個や六個なんてザラ。宅配便で審査会場まで送る手もあるけど、みんな美容皮膚科通いやエステ代でカツカツだし、それに大切な勝負道具を紛失されたり遅延されたりしても困るしね。海外遠征の時は、その大量の荷物を持って空港に行くんだから。

それなのに今回は審査会場までの交通費も支給されたし、荷物配送の手配もしてくれた。東京からモルディブへの移動はプライベートジェット、モルディブから島へもプライベートのクルーザー。賞金の二千万円も国内のコンテストとしては桁違《けたちが》い。こんなに贅沢なミスコン、他にないわよ」

舞香はクルーザーのラウンジの中で、ヴィンテージワインを飲みながら教えてくれた。参加者の中には酒を飲まない人もいるが、舞香はいける口らしい。

「そもそもビューティーキャンプをリゾートアイランドでさせてくれるなんて。しかも一人一部屋もらえるんでしょう？　ミス・ユニバースの世界大会の時でさえ、二人で一部屋をシェアするらしいのに」

わたしはミスコンにエントリーするのも初めてだったから知らないことばかりだが、恵まれた待遇であるということは実感できる。これまで特別な訓練をしたこともなく、他のファイナリストより容姿が優れているわけでもないわたしがミューズに選ばれるとは思えない。けれども、自分の稼ぎでは一生かかってもできないような贅沢を、すでにさせてもらっている。それだけでも、今のわたしにとっては充分メリットがある。

スーツケースを全部開けて、ドレスやワンピース、シャツやパンツなどをクローゼットにかけ、Tシャツやランジェリーはチェストにしまった。洗面用具やメイク道具も使いやすいように並べていく。きっと他の参加者もそうしているだろう。慣れない旅先で快適に過ごし、自分の最高のパフォーマンスを引き出せるように部屋作りをするのだ。

その後はシャワーを浴び、美への戦闘準備を始める。ビューティーキャンプ初日。これから二週間、最終審査用のスピーチの原稿を練ったり、スピーチの練習をしたり、ウォーキングのレッスンをしたりする。けれども初日である今夜の晩餐会は、決勝への最重要な要素と言えるだろう。なにしろ、主催者との初顔合わせなのだから。

ドレスコードは、特に指定されてはいなかった。けれどファイナリストたちは、最高の装いで現れるに違いない。わたしだって負けてはいられない。

わたしは海を見ながら入浴し、三着のドレスの中から、自分で一番似合うと思うボルドー色のベアトップのロングドレスを選び、念入りにメイクを施した。


時間になったので、一階のバンケットルームへと下りていった。海がよく見えるように、エントランスと同じく海に面した壁はガラスになっている。赤く染まった空と夕陽、そして海——全てがガラスの向こうに溶けあい、幻想的な空間を作り出していた。

前方には階段一段分ほどの高さのステージがあり、背景にはサファイヤブルーのドレープカーテンがかけられている。ステージの天井から吊《つ》り下げられた光沢のある横断幕には『36th MUSE OF JAPAN』と記されていた。また、左側にある台座の上に女神像を冠したクリスタルガラスのトロフィーが輝いている。きっとこの場所でファイナルステージも催されるのだろう。

サンセットを受けてまばゆく輝くシャンデリアの下には純白のテーブルクロスが掛けられた長いテーブルがあり、両側に正式なフルコースディナーのセッティングがされている。

テーブルウェアの前には自分の名前が金の文字でエンボス加工されたネームプレートが置いてあった。

『君嶋《きみじま》美咲《みさき》』

わたしは自分のプレートを見つけると、その席に着いた。他の女性たちも次々とやってくる。わたしの両隣に『新田《にった》ユアン』と『安藤《あんどう》舞香』が座り、向かい側の席に『ヒムラ　エレナ』、『深野《ふかの》京子』、『二《に》ノ宮《みや》まりあ』、『山下《やました》姫羅』の四名が着いた。わたしを含めたほとんどの女がイブニングドレスだが、京子だけは華やかな振袖《ふりそで》だった。和服という手もあったな、と正直悔しく思う。ユアンはスパンコールのちりばめられたシルバーのミディ丈のドレス、まりあは大胆に胸元や背中を露出したブラックのドレス、エレナは薄紫のオーソドックスなAラインドレス、姫羅は体にぴったり張りついてボディラインを強調したピンクのシルクのドレスだった。舞香はディズニーアニメのシンデレラのような、薄いブルーのシフォンドレスを身にまとっていた。クルーザーではおろしていた長い豊かな髪を夜会巻きに結い、まるでプリンセスのようだ。これまでのコンテストで何度もフォーマルな場を経験しているからだろう、ドレスでの立ち居振る舞いも堂々としてさまになっており、やはりひときわ美しかった。

わたしたちが席に着くと、メートルDがテーブルにやってきた。

「失礼いたします。本来ならば主催者であるクリス氏が開会の乾杯をする予定でしたが、本土での仕事が長引いて到着が遅れるとの連絡がありました。恐れ入りますが到着まで、お食事を召し上がりながらお待ちくださいませ」

メートルDが頭を下げて厨房《ちゅうぼう》に戻ると同時に、制服姿のウェイターがドリンクと雲丹《うに》を使ったアミューズを運んできた。クラシックの音楽を背景に、晩餐が始まる。

「あなたが美咲ね？　東京の人だったかしら」

アミューズを食べ終わり、野菜のテリーヌなどの前菜に取り掛かるころ、隣の席からユアンが気さくに声をかけてきた。

「クルーザーの中でもほとんど話せなかったわね。あらためまして、わたし、韓国から参加のユアンです。化粧品会社を経営してるの」

この「ミューズ・オブ・ジャパン」はジャパンと銘打たれた日本人用のコンテストなので、日本国籍でないと参加できない。が、逆に言えば海外在住でも日本国籍さえあれば参加資格はある。

「韓国にお住まいなんですね。わたしも去年韓国を旅行しました。エステも良かったし、お料理が美味《おい》しかったです。いつからお住まいなんですか？」

「ここ十年ってとこかしら」

「言葉はどうやって勉強されたんですか」

「帰化してるけど、もともと両親は在日一世で、家では韓国語だったのよ。子供の頃から、夏休みには韓国の祖父母の家で過ごしてたし」

「いいなあ。K－POPとか韓国ドラマとか、そのままわかるんですよね。わたしも韓国で暮らしてみたいな」

「イケメン、めっちゃ多いもんなぁ」

京子のおっとりとした相槌に実感がこもっていて、みんなが笑った。

「確かにイケメンはいるけど、儒教の影響が強い国だからね、年長者の言うことは絶対だから、結婚したら嫁姑《よめしゅうとめ》問題が大変よ」

「え、そうなんですか」

わたしは興味を隠せない。

「そうよ。うちの母は祖母と仲が悪くて。今でも二人はわたしを介してじゃないと会話しないんだから」

「嫁姑は、日本でだってすごいですよ。ってか、うち、めっちゃエグくて」

そういう問題から一番若くて遠そうな姫羅が、話題に乗ってきた。

「じいちゃんばあちゃんは代々の地主なんだよね。興味のあることといえば、苦労して築いた財産を守っていくことだけなわけ。でも運の悪いことに父親が一人っ子でさ。またまた運の悪いことに、うちの母親にも全然子供が出来なくて。産めないなら去れ、って、それはそれはキツいいじめがあったらしい。で、なんとかあたしを妊娠できて生まれて……やっと母に対する風当たりは弱まったと。あたしも、これからばんばん産めって期待されてるっぽい――って、ごめん、こんな話、素敵なリゾートアイランドでするようなもんじゃないね。韓国いいなあっていう流れだったよね。あたしも韓国住みたーい」

「ありがと。だけど週の半分は日本にいるのよ。日本の取引先も多いし」

「韓国コスメって日本でもすごく流行《はや》ってるもんね」

　前菜を完食し、冷製のトマトスープもすぐにたいらげた舞香が会話に加わってきた。コスメに興味があるのだろう。

「そうね。うまくブームに乗れたからこそ成功できたのかもしれないわ」

「なんていうブランド？」

「『クム』ってわかるかしら」

　どよめきが起こった。クムといえば韓国コスメの中でも最高級ラインで、アジアだけでなくアメリカやヨーロッパでも人気がある。クムは漢字で書くと「金」で、ゴールドという意味だ。パッケージにも金色のロゴが品良くあしらわれており、クリームや美容液にも金箔《きんぱく》が混ぜてある。さらに皺やしみを改善すると承認された医薬部外品で、ラグジュアリーなメディカルコスメティックとして先端を行っている。旬の韓《ハン》流スターやハリウッド女優をアンバサダーとして起用することでもよく話題になっていた。

「信じられない。クムって、ユアンが立ちあげたの？」

　舞香が目を見開いた。

「大したことないのよ。もともとは両親が韓国エステを経営してたの。オリジナルのコスメを出してみようという話になって、わたしがコスメ大好きだから自分が使いたいものを研究開発してたら、ここまで来ちゃっただけ」

「大したことあるわよ。大あり。若いのにそんなに成功しててすごすぎ」

「でも、もうアラサーよ。参加資格にギリギリの年齢だったわ。化粧品イベントで事務局の人に『クムの宣伝にもなりますよ』って声をかけられたから参加したけど、そうじゃなければとてもエントリーする勇気なんて出なかったでしょうね。きっとわたしが最年長だもの」

「冗談でしょ。このお肌を見てよ！　まるで十代じゃない！」

まりあが興奮してユアンの頰に指で触れる。

「クム美容液のおかげよ。みんなも今から使い始めたらこうなれるわ」

「すごい説得力！」「絶対に買うわ」

みんなで大いに盛り上がった。

「あなたたちが買って使ってくれれば最高の宣伝になるわ。エントリーして大正解だった――って、ごめんなさい、わたしの話ばかりになっちゃって。それで、美咲はなんの仕事をしてるの？」

ユアンが再びわたしに話を振る。

「そういえば美咲って聞き上手で、クルーザーの中でも自分のことはあんまり話してへんかったねえ」

京子もおっとりとわたしに視線を向ける。

「あれ、ちょっと待って。フルネームの君島美咲って、どこかで聞いたことが――」

メインディッシュのシャトーブリアンを頬張りながらまりあが言うと、舞香も首をかしげた。

「実はわたしも思ってたの。でもタレントさんじゃない気がするのよね。んー、どこでかしら」

きっと彼女たちがいくら考えても、わたしが何者かだなんて思い出せないだろう。すでに過去の存在なのだ。わたしは苦笑しつつ答える。

「わたしはね……小説家」

「そうだ、思い出した！　ミステリー作家だ！」

まりあが手を叩《たた》いた。

「え、どんな作品なん？」

京子が首をかしげる。

「『堕天使は笑う』じゃなかった？　連ドラにもなってた」

「嘘⁉　『土曜ミステリー』の枠で放送されてたドラマよね？　毎週見てたわ！　美咲が原作者ってこと？」

舞香が身を乗り出す。

「うん、まあ」

「すごーい」「DVD買ったよ」「面白かった！」

年上の女性たちが盛り上がる中で、姫羅だけがきょとんしている。もう八年前のドラマだ。

姫羅は当時まだ小学生、かすりもしていないだろう。

「美咲さんって有名作家なんだ。今は？　ドラマとか映画になってんの？」

　姫羅が無邪気に聞く。

「うーん、今は特にメディア化はないかな」

「じゃあ本を買うよ。最近のタイトル教えてよ」

『堕天使は笑う』は公募のミステリー文学賞を射止め、ドラマ化もされて大ヒットした。それが大学四年生の時だったので、就職活動はせずにそのまま作家活動に専念することにした。大いに期待された次回作だったが、そこまでは売れなかった。三作目、四作目と刊行するにつれて出版部数は下がっていき、プレッシャーで書けなくなった。コンセプトもトリックも思い浮かばず、書く気力も起こらず、そのうち編集者も原稿を催促してこなくなり——ミステリー作家・君嶋美咲の存在は業界から消えた。書かなければ依頼はなくなる。居場所もなくなる。女子大生作家ともてはやされた時期もあったが、ブームはすぐに終わった。

　わたしは昔から何でもそこそこだった。勉強もそこそこ。スポーツもそこそこ。顔もそこそこ美人という程度。だけど物語を書くことだけは誰にも負けたくないと、高校生の時から必死で書いて応募を続けてきた。だから小説家になれたことは、唯一、やっと心から誇れることだったのに。

「実は、もうほとんど……ていうかどれも書店には置いてないと思う」

テーブルに気まずい沈黙が落ちた。わたしは慌てて明るい声で言う。

「だけどね、今、次の作品の構想を練ってるから。面白い作品さえ書けば浮上できる業界だから、気を遣わないで」

というよりも、このコンテストそのものが〝次の作品の構想〟だった。もうずっと、なんのアイデアも湧いていていない。だからこそ、スカウトされた時、すがるようにこのコンテストに参加することに決めたのだ。

文章では食べていけないので丸《まる》の内《うち》の派遣先で働いているが、仕事帰りにスーツ姿の女性がわたしを呼び止め、「ミューズ・オブ・ジャパンというビューティーコンテストに出場しませんか」と名刺を渡してきた。コンテスト出場者のスカウトなんて聞いたことがなかった。が、これまでわたしに縁がなかっただけで、インターネットで調べてみると、別のミスコンで声をかけられた人のブログが出てきたので、あることはあるらしい。クルーザーの中で京子もそうだと教えてくれた。

十代から二十代前半の頃は、モデルにスカウトされたことは何度かあった。身長は高いし、プロポーションは良い方だと思う。ただ顔は目と鼻の美容整形を薦められたので断った。どうせ今回もその程度だろうと思っていたが、ミスコンではテレビ映えする顔とは違い、わたしのような個性的な美が求められているのだ、と熱心に口説かれた。確かにわたしの顔は、いわゆるぱっちり目に高い鼻という正統派美人ではない。目元が若干吊り上がっていて、鼻も小ぶりだ。けれども彼女が、それこそが東洋美の象徴だと褒めてくれた。ちょうど派遣先から契約更新がされなかったこともあり、そして小説の良いネタになるかもしれないと閃《ひらめ》いて、参加を決めたのだった。

「そういえばこれまで、小説家のコンテスタントっていなかったと思うわ」

舞香が言った。

「最近のミスコン参加者って、もちろんモデルやタレントの卵もいるけど、別の職業を持ってる人も多いのよね。弁護士、カーレーサー、ファッションデザイナー……ああ、医師もシェフも経営者もいたわ」

「そうなん？　なーんや、シェフなんてわたしだけやと思ってたわ」

「現代のミスコンは外見的な美しさだけでなくて、知性や教養、社会性、自立性など総合的な魅力を競うものだから。今回の二次審査に来てた人の中に、すごい美人がいたじゃない。だけどファイナリストには残ってないでしょう？」

わたしは二次審査を思い浮かべる。てっきり華やかなステージの上でウォーキングを見せるのだと思っていたら、ホテルの広い会議室のような場所で、他の参加者も見守る中、審査員の前で歩くだけだった。簡素なので驚いたが、舞香によると華やかなのはファイナルステージだけなのだそうだ。そして確かに、非の打ち所のない美女がいた。絶対に勝ち進むと思ったが、ファイナリストとして彼女の名前は呼ばれなかった。

「以前だったら彼女のような人が無条件で優勝してたと思う。だけど、もうそういう時代じゃないのよ。応募書類を読んだわけじゃないから職業もバックグラウンドもわからないけど、総合的には彼女よりもわたしたちの方が良かったということね。というわけで、今のコンテスタントたちの職業は多種多様なの。だけどプロの小説家はいなかったはず。美咲、あなたが初めてなんじゃない？　優勝すれば、本も注目されるわよ」

「そうなったら嬉《うれ》しいわね」

　優勝できれば最高だが、できなくても今回の体験を元に小説を書けば注目されるだろう。会社経営のユアンも、ミスコン荒らしの舞香も、女子高生モデルの姫羅も、料理人の京子も、インフルエンサーのまりあも、医師のエレナも、それぞれユニークで、キャラクターの参考になりそうだ。それに自力では一生体験できないようなリゾートでのラグジュアリーな生活などを、無料で取材できる。ファイナルに進出できて本当に幸運だった。必ず小説家として返り咲いてみせる。

「みんなユニークな経歴を持ってるのね。これでやっと全員のことを知れたかな。全然余裕がなかったもんね。ファイナリストがこんなに忙しいなんて知らなかった」

　どこか誇らしげにユアンが言う。

「あら、優勝してごらんなさいよ。これくらいの忙しさなんか目じゃないんだから」

　ワインのお代わりを給仕されながら、舞香が言った。

「一年間、国内外、あらゆるところに行かなくちゃならないのよ。土日が多いけど、春休みや夏休みも予定が埋まるわね。わたしは移動中に英会話を練習したりレポートを書いたりしてきたけど、学業との両立はかなり大変だわ。一日に十件回ることもあった。催しに合わせてヘアメイクもファッションもかえなくちゃいけないし、話題の選び方にも気をつけたり、チャリティ活動ではたくさんの人の名前と顔も覚えたりしなくちゃならない。ミスコンをバカにする人もいるけど、頭がよくないと務まらないわ。姫羅も優勝経験者だからわかるでしょ？」

「あたしが優勝したのはタレントオーディションだから、チャリティ活動なんてなかったよ。まあ事務所のお偉いさんの顔は覚えたりしなくちゃいけなかったけどね。それにグランプリを獲《と》れたっていっても小さいオーディションだし拾ってくれた事務所も小規模で、ティーン雑誌のモデルにちょろっと使ってもらえたくらい。そのうち事務所も潰《つぶ》れちゃったんだ。だからまたオーディションに応募したんだけど、これがまた、全然入賞できなくなってさ。やっぱ十八になってババアになったからだと思うんだよね。で、落ち込んでたらミューズ・オブ・ジャパンの案内が届いた。きっとあっちこっちに応募してたから名簿に載ってたんだろうね。ミューズなら十八が最年少じゃん？　ってことはあたしが一番若くなれるっしょ？　だったらそれだけでも有利かなって」

姫羅がババアなら、わたしたちはどうなるのか。わたしとユアンが苦笑しつつ顔を見合わせていると、さすがに姫羅もまずいと気づいたようで、「ええと、とにかく」と咳払《せきばら》いした。

「とにかくこんなに本格的にチャリティ活動なんてしたことないからビビったし疲れたよ。昨日のイベントだけで超クタクタ。コンテストの応募条件に健康であることって入ってるけど、マジで納得した」

「そうよね。十センチもあるヒールで歩き回ったり、二次審査でも待機中に運動してる人がいたり、かなり体育会系なんだなって。すごく意外だった」

わたしが頷《うなず》くと、ユアンが続いた。

「痛いことも我慢しなくちゃいけないしね。わたし、この世で一番、採血がきらいなの。針が怖くて、もちろん注射もダメ。それなのにイベントで献血しなくちゃいけなかったでしょ。みんな見てるから、にこにこ笑顔を作ってたけど、内心逃げたかったんだから」

「うちも苦手やわぁ。けど助かる人が大勢いるんやもん。それに病気の人たちは、針でチクッとする以上の痛みと闘ってるわけやし。そう思ったら頑張れたわ」

「すごい模範解答」いやみなのか心から褒めているのかわからないような表情で、まりあが言った。「それ、最終スピーチで言ったらいいんじゃない?」

「これくらいじゃ、全然アカンのんと違う?」

「そうかなあ。実体験に基づいているし、リアルタイムだしいいじゃない? この体験を通して、ミューズになる覚悟とか意義とかに絡めればいいのよ」

「まりあの言う通りね。プラス、グローバルな視点を盛り込むことも大切よ」

舞香の言葉に、

「どういうこと？」

「具体的に教えて」

と、京子とまりあが身を乗り出す。

「例えばわたしの場合は、世界中から貧困をなくしたいの。きっかけは、高校生の時にフィリピンやグアテマラの貧困を取り上げたドキュメンタリー映画を観て、ショックを受けたことよ。わたしなりにどうすれば改善できるのかを考えて、進学した大学のゼミで研究することにしたの。ちょうどその頃、大学のミスコンに推薦されて優勝してね。それ以来国内外のコンテストから声がかかるようになったんだけど、歴代優勝者の活動を調べてみたら、世界平和とか核兵器撲滅のチャリティに参加してるということがわかった。それならミスコンという活動を通して貧困問題をわたしなりに解決できるんじゃないかなって——そういう信念で、さまざまなミスコンにエントリーをしているのよ。

だからわたしがミューズに選ばれた暁には、賞金でNGOを設立して貧困率の高い国への募金はもちろん、実際に現地へ赴いて、自給自足するためのインフラを整備するなど、活動に身を捧《ささ》げることをお約束します——というのがスピーチの内容になる予定」

「さすがね。もう完璧に仕上がってるじゃない」

わたしは焦りを感じる。てっきり、このビューティーキャンプでみんな準備するのだと思っていた。もちろん舞香は場慣れしているし、これまでのミスコンで述べてきたスピーチの焼き直しかもしれない。だとしても非の打ち所がないように思えた。

「全くもう、美咲ったらうぶねえ」

　まりあが笑った。

「こんなの建前に決まってるじゃない。インフルエンサーが、カメラの前で大ぶろしきを広げるようなものよ。再生数を稼ぐための、派手な見出しと同じ。中身なんてないの」

「あらひどいわ、本心なのに」

「だったら、どうして実現できてないのよ。これまでミスコンで優勝してきたのに、おかしいじゃない」

「わたしがミスコンで何度か優勝したくらいで解決できるほど、貧困問題は簡単じゃないわ。ミスコンで優勝したら、まずわたしの意見に耳を傾ける人が多くなる。少しずつ寄付が増えて、賛同してくれる人や企業が増えて、活動が大きくなる――そういう気の遠くなるようなプロセスが必要なの。今はその途中なのよ。ミューズ・オブ・ジャパンという伝説的なタイトルを獲ることができれば、さらに注目を集めて活動を広げられるわ」

「きれいごとに聞こえちゃう。本心かなぁ。じゃあ百歩譲って、貧困がなくなればいいと心から願っているとする。だけど今この場に神様が来て『このコンテストでの優勝か、世界から貧困がなくなる願い、どちらかが叶《かな》う』って言われたら？　迷いなく優勝を選ぶんじゃないの？」

「まりあったら、どうしてそんな風に意地悪く捉《とら》えるの？　わたしにとっては優勝よりも、貧困解決の方が大事。当然、後者を選ぶわ。さらに研究を掘り下げるために、大学院にまで進んだくらいなのよ。さっき姫羅にミスコン荒らしだって言われたけど、逆だわ。目的があるからこそ、手段としてミスコンに出ているんだから」

舞香の表情は真剣そのもので、誠実さがこもっていた。さすがにまりあも「大学院に進んでまで研究してるなんて知らなかった。口先だけじゃないってことか」と降参した。

「戦略じゃないとしたら、なんだかもう舞香の勝利って感じじゃない？　あなたは人を惹きつけるから、応援したくなる人は多いと思う。寄付を募ればたくさんの人が手を差し伸べてくれるだろうし、主催者からすれば理想的なミューズよ」

「そんなことないわよ」舞香は優雅に首を左右に振って謙遜《けんそん》した。「みんなだって、高い志を持ってここに来たんでしょう？　エレナ、あなたは？　さっきからほとんどしゃべらないけれど」

黙々とシャトーブリアンを食べていたエレナは、話しかけられるのが意外だったのか、一瞬の間があったあと、「わたし？」と聞き返してきた。

「ええ。アメリカでお医者さまをしてるんでしょう。立派なお仕事よね」

エレナはフォークとナイフを置き、ナプキンで口元をぬぐった。

「わたしは常に、医療に貢献したいと思ってるの。この世にはまだまだ治療法の確立されていない病気がたくさんあるけれど、研究費が足りない。献血や骨髄ドナーの協力者も足りない。だけどわたし一人が声をあげるのには限界がある。もしミューズになることができれば、献血やドナー登録の啓蒙《けいもう》活動が大々的にできて、研究費の寄付も募れるでしょう。そう思ったから、わたしは応募したの」

「エレナって自分で応募したんだ。てっきりスカウトだと思ってた」

姫羅が驚き、

「確かにミューズになれば意義のある活動ができるわよね」

と舞香は納得して頷いている。それからも、ユアンはミューズとなって韓国と日本の懸け橋となること、京子は京都の伝統野菜を通じて世界の日本文化への理解を深め、ひいては国際平和につなげること、まりあはサンスクリット語で「繋《つな》がり」を意味する「ヨガ」という言葉通り、インフルエンサーとして世界をつなげ、心身ともに健やかな社会を作りたい、と語った。

「みんなできてるじゃない。やばい、わたし、なんにも思い浮かばないよ」

わたしが切羽詰まった声を出すと、舞香が優しい微笑みを向けてくれた。

「大丈夫よ。美咲には、ちゃんと武器があるでしょう」

「どんな武器？」

「小説っていう武器。文学を通して紛争や貧困などの問題を掬《すく》い上げ、わたしなりに真摯《しんし》に向き合いたい。また、言語は違っても文学は世界共通のツールであるから、世界の文学者と共に平和についての対話を積極的に行っていきたい――というのはいかが？」

すらすらと述べた舞香を、わたしは賞賛の目で見つめる。ほんの一瞬で、これだけ説得力のあることを組み立てる。なるほど、確かにミスコンは頭脳明晰《めいせき》でないと優勝できないのかもしれない。

「すごくいいけど……使ってもいいの？」

「もちろんどうぞ」

「どうして親切にしてくれるの？　ライバル同士なのに」

警戒を隠さず言ったのに、舞香は少しも気を悪くせず、ただにこやかに微笑んだ。

「ミスコンはね、助け合いの精神を培うところだって思ってるの。もちろん足の引っ張り合いをする子たちもいたわ。だけどわたしにとってはそうじゃない。さっき言ったでしょう、ミスコンの優勝者は世界平和のイベントに出席したりするって。それなのに参加者同士がいがみあってるなんて本末転倒よ。だからわたしは、いつだって他の参加者が困っていたら手を差し伸べてきたし、ここでもそうするつもり。それにさっきも言ったように、優勝にこだわってはいない。ミスコンはわたしにとって、世界に影を落とす戦争や貧困を解決するための手段。それが実現できるなら、どんな方法でもいいのよ」

こんなに外見も、心も美しい女性がいるのか。まりあではないが、確かに舞香が優勝する以外ありえないと思ってしまう。

「でも大丈夫かな。わたし、ミステリーしか書いてこなかったから、小説の中でたくさん人が死んでるし、平和どころか不穏なんだけど」

「そこはうまくごまかすの。作品の中ではあえて人間の醜さ、エゴ、業の深さなど暗部を描き出し、なぜ犯罪が起こるのか、戦争が起こるのかを問うています、とか」

「舞香って天才！　それ使わせてもらう！」

さきほどの警戒なんて、どこかへ行ってしまった。

「美咲さんはラッキーだね。初めて参加するミスコンで、舞香さんみたいな人に出会えて、スピーチのネタまで考えてもらって」

姫羅がからかう。

「わたしたちにとってもラッキーかもよ。舞香と姫羅以外は、ミスコンとかオーディションとか初めてでしょ？」

「あら、まりあもこういうの初めてなの？　これだけメディアに出てるのに？」

舞香が意外そうに首をかしげる。

「そう。『まりあヨガ』を観ましたって、インスタで連絡をもらって。この業界、フォロワーを増やしてなんぼだし、正直、最近はフォロワー数も頭打ちだったから渡りに船って感じで応募した。ぶっちゃけ、美貌と体には自信あるし、自分の見せ方も知ってたつもり。だけど二次審査のウォーキングの時、動画と肉眼での見せ方って違うなって思い知った。動画だと、注目してほしいところにズームアップできたり、だるいところはカットしたりできるじゃない。でも目の前にいる人を、リアルタイムで惹きつけるのは難しいんだって痛感したの。だから、最初は舞香みたいなタイトルホルダーがいるなんて反則じゃん、って思ったけど、今はこのキャンプに舞香がいてよかったかもって。いろいろ教えてね。頼みます」

まりあが真剣な顔で手を合わせると、舞香が照れくさそうに片手を振った。

「やあね、わたしだって大したことないわ。そりゃあこれまでたくさんのミスコンに出てきたけど、こんな大舞台は初めてよ。わたしも緊張してるわ。だって、あの〝ミューズ・オブ・ジャパン〟だもん」

「ああ、なんかすごくレベルの高いミスコンだったらしいね。参加することになったって前の事務所の社長に報告したら『復活するの⁉』ってめちゃくちゃびっくりしてた」

姫羅が言った。

「そういえばウェブサイトに運営を変えて復活しますって書いてあったけど……どういうことなの？」わたしが聞くと、舞香が答えてくれた。

「ミスコンに興味のある人以外は知らないわよね。もともとミューズ・オブ・ジャパンは日本での五大ミスコンとして人気だった。でも十五年前の第三十五回を最後に途切れてしまってたの」

「ね。十五年ぶりの第三十六回ってことなんだってね」

姫羅が言い、舞香が頷いた。

「そういうミスコンは他にもあるの。財政難から休止になって、何年後かに他の会社が権利を買って再出発っていう。ただ『ミューズ・オブ・ジャパン』は財政難が原因じゃなくて……」

舞香の言葉の続きを姫羅が拾った。

「優勝者がチャリティ活動中に事故に巻き込まれてしまったんだっけ？」

「亡くなったの？」まりあが目を見開く。

「一命はとりとめたらしいけど、一生消えない傷が残ったとか、体が不自由になったとかいろいろな噂が飛び交ってた。もちろんミューズとしての活動なんてできるはずもないし、事務局は補償をしたり、大変だったらしいわ」

「そんなことがあったんだ」わたしは驚くばかりだった。「だけど、どうしてわざわざそんな暗い歴史のあるミスコンを復活させたのかしら」

「ミューズ・オブ・ジャパンは、やっぱり伝説級のミスコンだったからじゃん？　豪華な賞品と破格の待遇で」

「そうなのよね。きっと復活させたがってた人はいたと思う。だけどミスコンへの風当たりも強いご時世とあいまって、この不況だもの。なかなかスポンサーも集められないでしょ」

「復活させたのは財団の理事かなにかだっけ」

「そう。クリス文化財団のチェアマン、クリス氏ね。ネットで検索したら新しめの財団みたいで、国際文化親交を主軸にしているということはわかったけど写真や他の情報もあまり出てこなくて、どんな人かわからなかった。名前がクリスだから、アメリカ人かな。アメリカ人がどうして日本のミスコンを復活させるのかは謎だけど」

パッションフルーツやマンゴーなど南国のフルーツをふんだんに使ったブラマンジェやグラニテが載ったデザートプレートを運んできたウェイターが去るのを待って、舞香が続けた。

「ミスコンはだいたい、何社もの企業と組んで行われる。例えば王冠を制作したりアクセサリーを提供したりする宝飾店、ドレスをデザインして提供する服飾店、宿泊させてくれるホテル、飛行機など移動交通費をまかなってくれる航空会社……挙げればきりがないわ。だけど今回、クリス文化財団とその関連企業が独占スポンサーよ。自家用ジェットにクルーザー、そして究極はこのリゾートアイランドよね。すごいことだわ」

「そんな人が、どうしてミスコンに目をつけたのかしら」

「コンプレックスの裏返しかもしれないわね」

ユアンが言った。

「どういう意味?」

「きっとクリス氏とやらは、グッドルッキングじゃないのよ」ユアンがウェイターを気にして声量を落とす。「つまり女の子に好かれたことは一度もない。口をきいたこともない。直視もできない。ビリオネアになった今、ミスコンを主催すれば堂々と美女をずらりと並べて、思うぞんぶん眺められる――ってことじゃない？」

「さもありなん、やわ」京子も頷く。「あ、だから水着審査があるんと違う？　今回応募するにあたっていろいろ調べてたんやけど、このご時世、水着審査を廃止したコンテストも多いみたいやん。あえて時代に逆行してるよね」

文句を黙って聞いていたエレナが、口を開いた。

「心身ともに健康であることをアピールする機会だと、わたしは思ってるけど」

それまでおしゃべりには興味のない素振りだったので、わたしたちは驚いて彼女を見た。しかも、一番そういったことに反対しそうな彼女が水着審査に賛成だということも意外だ。わたしたちがぽかんとしていると、彼女は続けた。

「ビューティーコンテストの草分け的存在であり、最も世界的に有名なミス・ユニバースでもまだ水着審査は残っている。肉体は、節制と鍛錬の表現になりえるんじゃないかしら」

「じゃあ太ってたら節制と鍛錬してないん？　体質によるところもあるでしょ」料理人という職業柄か、他の参加者たちよりも若干ふっくらした京子がつっかかる。「持病や投薬のせいで太ることもあるんやし」

「そもそも応募条件が『健康であること』となっているじゃない。それに、健康でないなら応募できない、というのも突き詰めれば差別にならないかしら」

「それは……」

「結局、どんなコンテストも、誰かと比較し順位をつける限り、きれいごとを並べたって差別はつきまとうんじゃない？　いろいろなミスコンで差別撲滅が謳《うた》われているけれど、結局は自己矛盾をはらんでいるのよ」

エレナはドライで皮肉屋な性格らしい。が、わたしは彼女が好きになった。率直で忖度《そんたく》なしで、小気味よい。

「水着審査に抵抗のある人は、含まれていないコンテストを選べばいいじゃない。ルッキズムだ差別だっていうなら、主催者がモテない醜男《ぶおとこ》だって決めつけるのも偏見よね」

確かに……とユアンや京子たちが気まずそうに顔を見合わせたところで、バックグラウンドで流れていたクラシック音楽の音量が下がった。メートルDがステージの前に立っている。

「大変お待たせいたしました。クリス氏が到着いたしました」

スタッフたちがバンケットルームのドアを開けると、そこにはタキシード姿の人物が立っていた。東洋人。かなりの美形だ。身長は百七十五センチ程度だろうか。男性にしては特別高いわけではない。だが顔が小さくて足が長く、均斉の取れた体格だった。わたしたちは小さくどよめいた。女に縁のない人生を歩んできた醜男だなんてとんでもない。

彼は小気味の良い足音を立てながらステージに上がり、メートルDからシャンパングラスを受け取った。

「ファイナリストのみなさま。ビューティーキャンプへようこそ。主催者のクリスです」

深みのある声だ。

「もしかしてクリスという名前から、西洋人をイメージされていたでしょうか。弊社は米国の財団法人ですし、よく間違われるのですが、久しいの〝久〟に、利益の〝利〟、そして主人の〝主〟で久利主《くりす》——日本人なのです」

彼はひとなつっこく微笑んだ。その久利主ならわたしも聞いたことがある。確か有名な複合企業の創業者一族だ。

「さて、こちらにお集まりいただいたみなさまは、本コンテストの『国際社会という舞台で、日本女性として輝き、世界を平和に導く』という趣旨をご理解いただき、応募して下さったことと思います。

本日はこの場をお借りして、なぜわたしが、このミューズ・オブ・ジャパンを復活させ、開催に至ったかをお話ししたく存じます」

少しマイクを離して息を整えると、再び話し始めた。

「わたしの両親は日本人ですが、四十年ほど前にアメリカに渡って働き始めた、いわゆる日系一世です。当時はインターネットなどなく、英語を話せる日本人も少ないなか、アメリカンドリームを追いかけて移住しました。もちろん移住したからといって、そこからの人生は容易ではありませんでした。英語は通じない。露骨な差別もありました。だけど二人は笑顔を絶やさず、がむしゃらに働きました。小さな雑貨屋から始まった二人のビジネスは、今では系列企業をいくつも展開する企業となったのです。わたしも成人して経営に加わってからは、ITや先進医療にも経営の幅を広げ、さらなる多角化経営で世界各国に進出してきました。

わたしは思ったのです。両親がここまで頑張れたのは、日本人としての美徳や誇りがあったからではないかと。だからわたしは自分のルーツにとても興味を持ち、感謝するようになりました。なにか日本のためにできることをしたい。恩返しがしたい。そう考えたわたし共は、日米のかけ橋となるような交流団体を作ることにいたしました。それがクリス文化財団です。そのキックオフイベントとして記念になるような、素晴らしい催しはないものか——思案していた時に、ミューズ・オブ・ジャパンというかつて栄えたビューティーコンテストが休止していると知りました。そして閃いたのです——日本女性の美しさを、美徳を、文化を世界に広めるには最高の機会ではないかと。わたしがスポンサーになることで、このコンテストを復活させる。それが、わたしが築いた財産を少しでも還元する方法なのではないかと。みなさん、今こそ、現代の日本女性の美徳と誇りにスポットライトを当て、世界に見せつけようではありませんか」

拍手が起こると、クリスは嬉しそうに、そして感慨深そうにわたしたちを見回した。そしてちょっぴり悪戯《いたずら》っぽい微笑みを浮かべると、「——とはいえ」と続けた。

「もちろん財団としてのメリットも忘れてはいません。今大会の舞台、このリゾートアイランドは開発途中で頓挫《とんざ》していたグループ企業から買い上げたものです。ファイナリストが集い、ビューティーキャンプを行い、そしてそのまま大会の舞台とすることでリゾートアイランドの目玉事業とし、多大なる利益をもたらすと見込んでおります。きれいごとばかり並べるつもりはありません」

わたしたちはくすくすと笑った。今の茶目っ気で、みんな彼に好感を持ったことだろう。それに、彼が現れてから若干緊迫していた空気もほぐれた。

「また、今回試験的にこのヴィラに滞在していただき、その意見を参考にして残りの棟を建設したいという目的もあります。インフィニティプール、スパ、サウナ、サロンなどラグジュアリーな設備はもちろん、ゆくゆくはバケーションだけでなくワーケーションにも活用していただくべくＩＴルームや会議室など、ビジネス設備も充実させてまいります。一階にあるジムには最新のトレーニングマシンも揃っています。ちなみに離島で誰もが不安に思うであろう医療施設は、このヴィラの隣にすでに完成しておりますし、衛星電話もありますので離島でもコミュニケーションのタイムラグはありません。もちろん今後はインターネットも利用できるようになる予定です。

しかしやはり一番の特徴は、ミューズに優勝後の一年間、このリゾートを拠点としていただき、コンテストの顔として世界を回って多くのチャリティ活動や講演会などにいそしんでいただくことです。ビューティーキャンプでファイナリストが集い、ミューズが誕生する——ここは女神たちが暮らす島となるのです」

クリスはそこで一度、言葉を切った。

「優勝者であるミューズにはプール付きの住居、そして忙しい活動を支えるべく執事と専属シェフが与えられます。そしてもちろん……」

クリスはステージ後方へ行き、ドレープのカーテンを引いた。スポットライトの下、ガラスケースが浮かび上がる。その中におさめられたものを見て、女性たちは息をのんだ。

それは王冠だった。あまりにもまばゆい輝きに、思わず目を細める。

「ダイヤモンド、ブルーサファイヤ、レッドルビーをふんだんに使用しています。ミューズには、こちらも与えられます。貸与ではありません。さしあげるのです」

女性たちがざわつく。

「ただし、先にお伝えしておきましょう。この『ミューズ・オブ・ジャパン』で優勝するのは簡単ではありません。ビューティーコンテストでは一般的にファイナルステージでウォーキングやスピーチの審査が行われます。ですがわたしはステージだけでの審査に疑問を持ちました。ほんの数分、ステージを歩き回り、短いスピーチをしたからといってなにがわかるでしょう。

実際、ミス・ユニバースで優勝したにもかかわらず、チャリティイベントへの参加を拒否し、優勝が取り消された方も残念ながらいらっしゃいます。彼女には彼女なりの理由があったかもしれないので、批判はしません。けれどももっと審査に時間をかけていれば、互いに不幸な結果にならずに済んだと、わたしは思うのです。

ですからビューティーキャンプでの二週間も、ファイナルの審査の一環とさせていただきます。メートルDを始め、スタッフは全員、この島を今晩去ります。食事や清掃など、日常の営みを自分たちでこなせることも、ミューズの大切な要素だと思うからです。美しいから、勉強ができるから、社会活動をしているから、家事ができなくてもいい——わたし共はそうは思いません。むしろ、日々の積み重ねこそが、人間的な美を培うのだと信じています。

また、一般的なビューティーキャンプでは食事もまかなわれ、講師によるウォーキングやメイクやスピーチのレッスンが行われますが、ここでは互いに得手不得手を補い合い、協力し合いながらのキャンプをしていただきたいと願っています。各レッスンのスケジューリングもお任せします。そうすることで本当の意味での教養、自立性、社会性を測れるでしょう。

ですからわたしもみなさまとこの島に留《とど》まり、仕事の合間にはなりますが、共に時間を過ごさせていただきたい。そして本当にこの王冠にふさわしい方なのかを見極めさせていただきたいのです」

みんなは驚きを隠さず、互いの顔を見合った。そんな戸惑いをよそに、クリスはシャンパングラスを片手に持って掲げ、高らかに言った。

「それでは、未来のミューズに乾杯！」

インフィニティプールの水面《みなも》に月明かりが揺らめいている。プールサイドのビーチチェアに腰掛けて風に当たりながら、わたしたちは晩餐会の余韻に浸っていた。

「なかなかのルックスだったわね。悪いこと言っちゃったわ」

ユアンが舌を出す。

「クリス氏とやらはグッドルッキングじゃないとか、女の子に好かれたことはないとか言ってたくせに」

舞香がからかい、京子が笑った。

「ほんまや。でも確かにイケメンやったもんね。わたしはタイプじゃないけど」

「わたしにとっては王子さまっぽいかも。クリスさまって呼ぼうかな」

ユアンが言うと、まりあが「クリスさま、なんてやめてよ。なんだか女性と男性が対等じゃない感じがしてイヤ」と口をとがらせる。

「じゃあクリスさん？　なんだか味気ないわ」

「それなら〝ミスター・クリス〟は？」

舞香が提案すると、「それいい！」とユアンは喜んだ。

「それにしても、キャンプも審査対象になるなんてね」

まりあの言葉に、京子は嬉しそうに頷いた。

「でも、わたしの場合は希望が持てるわぁ。だってルックスではみんなに負けてるもん。キャンプ中に点数を稼げるんやったら、優勝も夢じゃないってことやろ？　公平やと思う」

「優勝したら一年間ここで暮らせんだね。しかも豪邸で。海外にもたくさん遠征するだろうから退屈しないし、最高じゃん」姫羅がにんまりとする。「それに……あの王冠。かぶりたいなあ」

ミスター・クリスが去るとともに、メートルDがガラスケースに入った王冠をステージから下げた。その間ずっと、引き続きステージに飾られているトロフィーそっちのけでわたしたちの目は釘付《くぎづ》けだった。

「わたしもかぶりたい！」

ほろ酔いのわたしが鼻息荒く言うと、「現金ねえ」としらふのユアンが笑った。

「明日《あした》から得意分野を生かした役割分担をするわけでしょう。つまりこういうところでイニシアティブやリーダーシップを発揮すれば、ポイントを稼げるチャンスってことよね。ということで、わたしはメイクアップのレッスンを担当させてもらうわね。あと美肌マッサージも」

「はあい！」京子が手をあげた。「わたしは食事を作りまあす。栄養士の資格も持ってるし、栄養バランスもカロリー計算もお任せあれ」

「プロのお料理でしかもヘルシーね。期待しちゃう。それならわたしはウォーキングとポージング、スピーチのレッスンをするわ」

舞香が言うと、まりあも続いた。

「わたしは体作り担当かな。効率的なヨガのプログラムを考えるよ」

「みんなのスピーチをわたしはブラッシュアップできると思う」わたしもすかさずアピールしておく。「舞香みたいにパッとスピーチのアイデアが浮かぶわけじゃないけど、できあがった文章をさらに良くすることは得意だから。一応プロだし」

「じゃあわたしはみなさんの健康管理かしら」

エレナも加わった。

「えー、あたしだけじゃん、得意なこと何もないの」

口を尖《とが》らせる姫羅を、「まあまあ、これから考えればいいよ」となだめながら、まりあがみんなを見回した。

「早速、明日モーニングヨガをやってみる？　七時から朝食だから六時に集合とか」

ディナーを一緒にできなかったのでミスター・クリスも一緒に朝食を囲むことになっていた。

みんなが賛成する中、京子だけが残念そうに首を横に振る。

「ごめん、悪いんやけど朝ごはんの仕込みがあるから」

「あ、そうか。じゃあ朝食後、少し休んでからにしよう」

「そうしてくれたら嬉しいわぁ。ヨガをする時に苦しくないように消化にいいメニューにするね」

プールサイドからは、窓ガラス越しに片付けを終えたスタッフたちがバンケットルームから出てくるのが見える。彼らはにこやかにお辞儀をしつつ、メートルDを筆頭にヴィラから出て行った。ちょうど海辺も見下ろせるようになっているので、彼らを乗せたゴルフカートがすっかり暗くなった海岸へ向かうのも見えた。ライトアップされた桟橋の上を人影がいくつもいくつも通り、やがてクルーザーがゆっくりと桟橋を離れ、海原へと進み始める。

「ついにわたしたちだけになったわね」

舞香が呟くと、姫羅がハイヒールを脱ぎながら言った。

「だね。ミスター・クリスは離れたところにいるって言ってたし。あー、解放感」

乾杯の後、わたしたちがざわついていると「ご心配なく。わたしの滞在先はレディたちのヴィラから少し離れたところですので」と笑っていた。

「コルセットが苦しい。ファスナーおろして」

かなり酔っぱらったまりあが、京子に背を向ける。

「飲み過ぎやない？　部屋に戻って休んだら？」

京子がファスナーを途中までおろしてやると、まりあが大きく息を吐き、伸びをした。

「でも眠くないもん。頭が興奮してて、まだ起きてたいの。あ、そうだ、泳ごうよ。昼間泳げなかったし」

「じゃあ水着を持ってこないとアカンやん」

「めんどくさーい。このまま入っちゃお」

脱ぎ始めたまりあを、京子が慌てて止める。

「何をやってんの」

「あら、いいじゃない。わたしも泳ぎたいわ」

エレナも立ち上がってドレスを脱ぎ出す。ほとんど会話にも加わってこず、どちらかといえばノリが良くないエレナの行動に、みんなは驚いた。

「本気？」わたしが聞く。

「もちろん。裸で泳ぐことを英語でスキニーディッピングっていうのよ。アメリカ……というかわたしが住んでいるロサンゼルスでは、自宅やコンドミニアムにプールがあるのはそんなに珍しくない。去年の夏もプールサイドでバーベキューをした後、みんなでスキニーディッピングして盛り上がったわ」

言いながらエレナはするすると脱いで裸になると、プールに飛び込んだ。

「スキニーディッピングかぁ……なんかカッコいい。映画みたい」

ユアンがはしゃいで手を叩く隣で、姫羅も立ち上がり、ドレスを脱ぎ始めた。

「やろやろ！　この島じゃなきゃ、きっと一生できないじゃん」

体にぴったりとしたドレスを着ていた姫羅は、線がうつるからか下着をつけていなかった。惜しげもなく若さに満ちた裸体をあらわにすると、そのまま水に飛び込む。勢いよく飛沫があがった。

姫羅とエレナは気持ちよさそうにたゆたっている。

「ずるーい、わたしが言い出したのに」

まりあもやっと裸になって水に入ると、面白がってユアンと舞香も続いた。ビーチチェアの上には、色とりどりのドレスが、美女の抜け殻のように置かれている。

月明かりの下で泳ぐ彼女たちは楽しそうだ。酔いも手伝ってわたしも裸になり、プールに浸《つ》かる。南の島の夜の熱気が、濡れた肌にまとわりつく。心地よかった。

「京子もおいでよー。明日から審査だし、今夜だけだよ、こんな自由なことができるの」

「そうだよ。最高に気持ちがいいよ」まりあとユアンが手招きする。

「しゃあないなあ。わたしも覚悟決めるわ。京女の意地ってもんがある」

京子が帯をほどき始めると、水に浸かった六人がヒューヒューとはやしたてた。着物と襦袢《じゅばん》を手際よく畳んでチェアの上に置くと、京子は行儀よく階段を使って水に入った。

「そういえば確かに洋画では裸で泳ぐシーンが出てくるよね。『ジョーズ』とか『13日の金曜日』とか」

まりあが言うと、「やめてよー」「怖い映画ばっかりじゃない」とあちこちからブーイングが起きた。

わたしたちは少女のようにはしゃいで、歓声をあげながら泳ぎ、追いかけっこをし、水をかけ合った。星空を背景に一糸まとわぬ姿でたわむれる女たちは、この世のものとは思えないほど美しく、幻想的だった。

意外に水遊びを楽しんでいるのはエレナだった。みんなと一緒に泳いだり潜ったりと忙しい。クールビューティーな医師だと思っていたが、そんなノリのよい一面もあるのだ。

「あー、超楽しい！」

泳いでいた姫羅がプールサイドに腰掛け、長い髪をてっぺんで結い直している。なまめかしく豊かなバストがむき出しになり、女同士でも目のやり場に困る。だけど下品な感じはせず、ただただ生命の躍動感にあふれていた。

「羨《うらや》ましいな。わたし、バストがないから」

「何言ってんの、シリコンに決まってんじゃんよ」

「そうなの？　未成年でも手術できるんだ」

「親の同意があればね。自然に見えるっしょ？　でも内緒だからね。応募条件では整形や豊胸、NGになってたでしょ」

「じゃあわたしに言っちゃダメじゃない」

「だって美咲さんはチクったりしないもん」

「どうしてそう思うの」

「美咲さんは盛らないから」

「え？」

「美咲さんって正直でしょ。さっき本の話をした時、もう書店に置いてないって言ってたじゃん。普通なら今でも売れてるとか、どこでも入手できるとか、水面下でドラマ化が進んでるとか、適当に盛りまくるよ。だってネットもできないんだからどうせ島にいる間はわかんないし、こういう場では、ブラフしてなんぼだもん。でも美咲さんて、自分を大きく見せようとしないんだよね」

「そんなこと……だって盛りようがないし」

「あはは、やっぱオーディションにはいないタイプだ。あたし、そういう嗅覚鋭《きゅうかく》いんだ。一応芸能界の端っこで何百人もの女の子を見てきたんだから」

「買いかぶりすぎよ。わたしだって、一応ライバルだよ」

「だけど汚い手は使わないでしょ」

「当たり前じゃない。他の人も、そこまではしないでしょ」

「そんなことないよ。本番直前にヒールを折られたり、衣装を隠されたりしたこともある。ボディピアスしてることを密告されて不合格になった子もいるよ」

「ミスコンでボディピアスがダメなのはなんとなくわかるけど、オーディションでもダメなの？」

「ティーンじゃなくて一般向けでも、ダメなコンテストは多いね。タトゥーもさ。グラビア撮影の時、かなり寄るから、隠したって見えちゃうことあるし。そもそもメイクさんに余計な手間をかけさせることにもなるから敬遠される。ああ、もしかしたら水着審査は、そういうチェックを兼ねてるのかもしれないね。豊胸も、見る人が見たらバレちゃうのかなあ」

「でも今まではバレなかったんでしょ？　とりあえず安心して。わたしは誰にも密告なんてしないから。ていうか、ここにいる他の子たちもしないと思う。みんないい人だもん」

「それはわかんないよ。さっき言ったいやがらせをしてきた人たちも、表向きは親切に見えるんだから。ほんっと女は見かけによらないんだって。あたし、基本的には誰も信用するつもりないから」

　一番若くて、一番無邪気そうだったのに。姫羅の真剣な顔にどきりとする。ギャルという仮面に隠された、修羅場を潜り抜けてきた女の顔だった。

「でも美咲さんは別。それに小説書く人って、ちゃんと自分の世界を持ってそうじゃん。そりゃミューズになれば本も売れるんだろうけど、なれないならなれないで、それもネタとして書けるじゃん？　だから美咲さんのことは信頼してる。だけど他の人たちは正直わかんないよ」

　目的を見透かされているようでヒヤッとした。が、姫羅はそんなわたしに気づかず、大きく息を吐いて星空を仰いだ。

「いいよなあ、美咲さんは、才能があってさ。他の人もそうだよね。ちゃんとそれぞれできることがある。だけどあたし、何もないから」

「何言ってるのよ。姫羅ちゃん、きれいじゃない、とっても」

「うん、きれいだよね。わかってる。でもさ、なんかそれだけじゃダメっていう風潮があるじゃん。なんでだよって悔しくなる。

あたしさ、本当に体しか資本がないんだよね。これで勝負するしかないの。ルッキズムを批判する人たちってさ、手に職のある人や地に足のついた仕事をしてる人がほとんど。そういう人たちが自分の分野で勝負するみたいに、あたしだって堂々とルックスで勝負させてほしいよ」

悔し気な姫羅の目尻《めじり》には、うっすら涙がにじんでいる。

「なにがいけないの。別にいいじゃんね。でないと不公平だよ。バスケとか水泳とか、あと料理でも音楽でも、練習して努力して競争するわけじゃん。あたしたちだって体鍛えたり、ウォーキングとかヘアメイクの練習とかしたりして、ものすごい努力してるんだよ。頭の良さを誇っていいんだったら、外見の良さだって誇らせてよ。あたしの特技、取り上げないでほしいよ」

姫羅の頬を、涙が伝った。若くて、自信家だと思っていた。無敵だと。本当は、こんなに繊細だったのか。

「姫羅ちゃん……」

「ごめん、忘れて。恥ずいね」

姫羅は照れくさそうに涙をぬぐった。

「こんなにきれいな星空だからかな、センチメンタルになっちゃった。どうしても優勝したいって焦っちゃってさ。変なこと言ったね。ごめん」

「ううん。全然そんなことないよ」

「もうちょっと泳いでくる」

姫羅は月光の粒が浮かぶ水の中を、きれいなフォームで泳いでいった。挫折《ざせつ》を味わいながらも、ひたむきに努力してきた姫羅。いいネタになりそうという考えが頭をよぎってしまったことにちょっぴり罪悪感を覚える。

「美咲、大丈夫だった？　絡まれてたんじゃない？」

ユアンが近づいてきた。「姫羅って泣き上戸なのかな——って、そんな言葉、今は使わないか」

「絡まれてなんかないわよ。外見を磨いて自己表現することは姫羅にとって生きがいで、命を懸けてるんだなって教えてもらっただけ。わたしなんて応募してから慌てて筋トレ始めたし、姫羅みたいに普段から努力してる人に勝てるわけないなって、自信喪失しちゃいそう」

「あら、美咲はお人好《ひとよ》しなのねえ。さっきは鼻息荒かったのに。参加するからには優勝にロックオンしておかないと」

「だけど……」

「そうやってライバルから戦意をそぐのも、姫羅のテクニックかもしれないわよ」

「そうかなあ。そう言うユアンはどうなの？」

「もちろん優勝を狙うつもりではあるけど……実は今、もっと大きな目標ができたのよね」

「優勝より大きな目標なんてある？」

「あるわ——結婚よ」

「結婚？　どうして急に。誰と？」

「ミスター・クリスとよ」

「え？」

わたしは驚いてユアンを見る。

「だってお相手として申し分ないじゃない。成功者で、大金持ちで名声があって」

「成功者で大金持ちで名声なら、ユアンもじゃないの。相手に求める必要なんてないでしょう」

「ばかねえ、だからこそよ」

ユアンが苦笑する。

「わたしくらい成功してしまうと、相手がいなくなるの。そんじょそこらの男とは釣り合わなくなってしまう。一流では足りないのよ——超一流じゃないと、誰も納得してくれないの」

そうだったのか。社会的にも経済的にも大成功して自立している女性であるからこそ、さらなる大物と一緒にならなければならないのだ。彼女の隣にいても、かすまない男でなければ。

そして一年限定のミューズになるより結婚を狙おうというユアンの切り替えの速さ、大胆さには脱帽してしまう。

　成功者であるユアンでさえ闘志を燃やしている。さっきまでは、優勝できなくても本を出すことさえできれば成功すると思っていた。けれどもわたし以外の候補者たちは、みんな美しく大胆で強《したた》かなのだ。ミューズになればさらにパワーアップし、優勝できなかったわたしが本を書いたとしても注目なんてされないかもしれない。この七人の中でルックスもキャリアもそこそこなわたしこそ、一番優勝を狙わなくてはならないのではないか。優勝しなければわたしの人生なんて劇的に変わらない。

　わたしにはあとがない。若くもない。新しい派遣先も決まっておらず、遅くにわたしを産んだ母はすでに定年退職しているので頼れない。だけど優勝すれば賞金も王冠も手に入る。島の豪邸で女王のように暮らし、プライベートジェットで世界を回りたい。何より話題になれば過去の著作も売れて、このコンテストをベースにした本も話題になって、新作も書かせてもらえる。ドラマ化、映画化、外国語への翻訳——夢は膨らむ。

　ファイナリストは全員手ごわいが、キャンプ中にポイントを稼ぐことができればわたしにだって優勝できるチャンスはあるはずだ。

　——わたしの人生、一発逆転、起死回生するには優勝するしかない。

闘志をあらたに燃やしながら、わたしは夜のプールを泳いだ。

波の音で目が覚める。

あまりに夜風が気持ち良くて、窓を開け放していた。わたしは伸びをしながらバルコニーに出て、サファイヤブルーの海を眺める。

環境が変わったからか、女性たちに刺激を受けたからか、昨夜は少しだけだが、久しぶりに新しい小説の草案を練ることができた。ストーリーはまだ固まっていないが、個性的な彼女たちをモデルに、トロピカルアイランドで思いがけない事件が起きたら面白そうだ。シリアスでダークな路線も、コミカルな路線も、はたまたアドベンチャー路線もありだろう。それに殺人事件だって。ああでもない、こうでもないとノートに思いつくまま書いているうちに真夜中過ぎになっていた。

だけど気持ちが充実していたからだろうか、目覚ましは六時にかけておいたのに、その前に自然に目が覚めてしまった。シャワーを浴び、髪を乾かし、きれいにアップスタイルでまとめる。それからTシャツにジーンズというカジュアルな服を選び、メイクもナチュラルなものにした。ミスター・クリスには着飾ったわたしだけでなく、自然体のわたしもアピールしたい。そしてきっと他の女たちも、昨日の正装とは違った面を見せるために、さりげなく見せかけつつ隙のないファッションとメイクで美しさをアピールするに違いない。

ドアを開けて廊下に出ると、舞香もちょうど廊下に出てきた。麻のシンプルなサンドレス。なるほど、サンドレスという手もあったな、と思いながら「おはよう」と声をかける。

「よく眠れた？」

階段を下りながら舞香が聞く。

「まあまあ、かな。ちょっと緊張しちゃって。舞香は？」

「けっこう眠れた。だってベッドが最高だったんだもの」

「確かに！」

その時、悲鳴が耳をつんざいた。ハッと顔を見合わせる。その声に驚いたのか、他の部屋のドアがあいて、姫羅が顔を出した。

「なにかあったの？」

「わからない」

三人で慌てて階段を駆け下りる。その間も悲鳴は断続的に聞こえている。たどると、バンケットルームに行き着いた。足を踏み入れたわたしたちは、フロアに倒れている人物を見て息をのむ。

血を流して倒れているのは、ミスター・クリスだった。

＊＊＊＊＊＊

救命艇は慎重にボートとの距離を縮めていった。

ぎりぎりまで寄せると小さな救命ボートをおろし、二名の救助隊員が乗りこむ。雨に打たれ、荒波をオールで漕《こ》ぎながら、もっと天候が悪ければ救助は叶わなかった、と二人は思う。

双眼鏡で確認した通り、甲板には人がつっぷしていた。救命ボートを横付けし、隊員の一名が隣のボートに飛び移る。仰《あお》向《む》けにして気道を確保し、髪を掻《か》き分けて顔を出す。青白いというよりは白に近く、唇は冷たかった。が、かすかに息はある。

「生存確認！　女性一名、生存確認しました！」

トランシーバーに向かって声を張り上げたあと、隊員が女性の頬を強めにはたく。

「しっかりしてください！　聞こえますか？」

全身が冷たい。服装はといえば薄手のジャンパーにスラックスという軽装だ。おまけに湿気を含んでいて、冷え切っている。彼女が腕の中でわずかに動いた。

「わかりますか？　救助に来ました。もう大丈夫です」

女性が目を開け、何かを言った。

「え？」

耳を近づける。が、嗄《か》れた息が漏れるだけで、声にならない。

「先に移動します。しっかりつかまっててください」

隊員は女性に救命ベストを装着すると、持ち上げて、救命艇に慎重に移ろうとした。

「……ます」

強風の中だったが、今度は彼女の声がかすかに聞こえた。

「……もう一人、キャビンの中に、います」

第二章

ミスター・クリスのそばで、京子が半狂乱になって叫び声をあげている。

クリスはステージの下でうつぶせに倒れており、フロアは血で濡《ぬ》れていた。

「おはよう……何かあったの？」

背後からユアンが不安そうに声をかけてきた。そしてわたしや舞香の視線の先を追い、鋭く息をのんだ。

クリスの脇にへたりこんだ京子の周りには、包丁が何本も散らばっていた。窓から差し込む朝陽に、刃がぎらりと反射している。白い大理石に落ちた鮮血が、毒々しいほど赤い。あまりの光景に、わたしたちは立ちすくみ、動けなかった。

「京子さんが……殺しちゃったの？」

我に返った姫羅が言うと、京子が顔から手を外し「違う！　違うの！」と泣き叫ぶ。

「でも……だったらこれは……」

床で鈍く光る包丁を、舞香がこわごわ見ている。

「わたしやない！　ほんまよ、信じて！」

戸惑うばかりのわたしたちの脇を誰かが走り抜け、クリスのかたわらにしゃがみこんだ。エレナだった。彼女は緊迫した面持ちで手早く呼吸と脈を確認している。わたしと舞香、姫羅は祈るように一連の動作を見つめていた。

「生きているわ」

エレナが言った時、わたしたちは大きく息を吐いた。

「生きてるの？　よかった……でも、本当に、わたしじゃ、ない、からね、わたし、な、何もしてない、から、ね」

京子は泣きじゃくりながら、息苦しそうにあえいでいる。

「誰か京子を外に連れて行って、ゆっくり呼吸させてちょうだい。興奮して過呼吸になってるわ」

エレナが言うと、すかさず「わたしが連れて行く」とユアンが手をあげた。

「そうだ、紙袋がいるのよね」

「紙袋は昔の方法。今は使わないの。深く呼吸させるだけで大丈夫」

「了解。さあ京子、行こう」

ユアンが嗚咽《おえつ》している京子をゆっくりと立たせて、バンケットルームから出て行った。入れ違いに、ヨガマットを抱えたまりあが不安げな表情で入ってくる。

「なにかあったの？　やだ、血！」ミスター・クリスを目にしたまりあが後ずさった。「どうして……」

「話は後！」エレナがクリスのネクタイを緩めながら言う。「医療施設が隣に完成していると言っていたわね。舞香と美咲はストレッチャーっていう車輪つきのベッドを探して来て。姫羅とまりあは衛星電話を探して救助を呼んで。早く！」

「わかった」

舞香とわたしは急いで外へ出た。昨日プールで泳いでいる時に、二百メートルほど離れた場所に建物が見えた。おそらくそれだろうと当たりをつけ、そこを目指した。

行ってみるとヴィラと違ってシンプルな造りの建物で、壁にはIsland Medical Hospitalと文字が書かれている。プライバシーに配慮したすりガラスのメインエントランスから入ると、落ち着いた木目のカウンターや快適そうなソファが置かれていた。日の光が入って明るく、いかにも〝病院〟という感じではないものの、リノリウムの床など、やはり医療施設独特の雰囲気はあった。

「ストレッチャーってどういうところにある？」

廊下を走りながらわたしが聞くと、舞香も首を横に振った。

「わからない。とにかく片っ端から探すしかないわね」

わたしたちは廊下を突き進みながら、目についたドアを開けていった。事務室や倉庫、診察室、給湯室――いくつめかの部屋で、ようやく車輪のついたベッドが置かれているのを見つけた。動かそうとしてもびくともせず、舞香がストッパーに気がついて外してくれる。二人でストレッチャーを押して、部屋から出る。意外に軽量で、一人でも押せそうだった。病院から出ると、舞香と二人で急いでヴィラに戻った。

バンケットルームへ入ると、ミスター・クリスのそばで、エレナが安堵《あんど》したような顔をして立ち上がった。

「ありがとう、助かったわ」

エレナはストレッチャーをわたしたちから引き取り、クリスの隣に移動させると、高さをフロアぎりぎりまで下げた。クリスの体勢を側臥位《そくがい》にすると、ベッドにかけられていたシーツをはがし、器用に彼の体の下に敷く。敷き終わるとそうっと仰向《あおむ》けにし、わたしと舞香にシーツを持つよう指示した。

「わたしが頭の方を持つから、美咲は左側、舞香は右側を持って、いちに、さんで持ち上げるわよ、いい？　いち、に、さん」

掛け声とともに、シーツごとクリスを引き上げてストレッチャーに乗せた。ストレッチャーの高さを上げている時、まりあと姫羅がバンケットルームに入って来た。二人とも顔が青い。

「衛星電話が……」

姫羅の声が震え、それきり言葉が出てこないのを、まりあが引き取った。

「壊れてるの。使えないの」

「え？」

エレナが目を見開く。

「そんなはずないでしょう。充電が切れてるだけじゃないの」

「ううん、見て」

まりあが差し出した機器を見て、みんないっせいにハッとした。黒い筐体《きょうたい》に小さな液晶画面がはめこまれていた。大きさはスマートフォンほどだが、厚みは数センチあって短いアンテナもあり、かなり昔の携帯電話、またはトランシーバーのような形態をしていた。そしてその筐体と液晶画面は割れており、テンキーも剝《は》がされ、内部もこなごなになっている。

姫羅が目に涙を浮かべながら言った。

「まりあは二階、あたしは一階で手分けして衛星電話を探すことにしたの。どこにあるかわからなかったけど、普通ホテルだとフロントに電話があるじゃん？　だからまずはロビーへ行って、カウンターの内側へ入ったの。そうしたら思った通り、充電器につながれた黒い機器が見えた。だけど手に取ってみたら、こんな状態で……」

姫羅は洟《はな》をすすった。

「パニクったけど、他に壊れてないのがあるかもしれないって思って、必死で探し回った。だけど一階にはもう見当たらなくて。二階にあればいいなって期待してまりあと合流して探したらリネン室で見つかったんだけど――」

まりあが取り出したもう一台の機器も、明らかに破壊されていた。その場にいた全員が、ただ呆然《ぼうぜん》として機能を失った衛星電話を見ている。が、エレナはすぐに気を取り直したように、

「先にわたしはミスター・クリスの処置をしてくる。引き続き、みんなは他にも衛星電話や無線がないか探して」

とストレッチャーを押して外に出て行った。

「きっと他にもあるわ。諦《あきら》めないで探しましょう」舞香が励ます。「まだこのバンケットルームは探してないでしょ？　厨房《ちゅうぼう》も。病院にあるかもしれないし」

「だよね。そういえばミスター・クリスの離れもまだ見てないじゃん」

姫羅が大きく頷《うなず》くと、舞香が指示を出した。

「みんなで手分けしましょう。姫羅がバンケットルーム、まりあが厨房、美咲が病院、わたしはミスター・クリスの滞在先を探すわ」

それぞれが担当する場所へ散る。わたしは病院へ戻ると、受付カウンターや事務室、診察室、処置室、薬剤管理室、X線検査室、物置などを、今回は丁寧に見て行った。オフィス機器や診察室の設備、薬剤などは揃っており、すぐに開院できそうなほどだったが、どこにも電話は見当たらなかった。手術室の前を通ると、赤いランプがついている。この中でエレナは救命処置をしているのだろう。手術室以外を探し回ったが見つからず、外に出た。ヴィラに戻るために

庭を横切っていると、泣き声、そして慰める声が聞こえてきた。ベンチに京子とユアンが座っている。ユアンはわたしの姿を認めると、手招きした。

「美咲、ちょうどよかった。京子ったらまだ泣き止まないのよ。なにか言ってやってよ」

「だって……みんなが責めるような目で見てたんやもん」

「まだ状況もわかってないし、誰も京子を責めてないよ」

できるだけ優しい声を出す。聞きたいことはいくらでもあった。あの包丁は？　どうして何本も床に？　だけど今聞いたら、余計に興奮させそうなので、控えた。

でも、でも、みんなが……と京子が泣くのをやめないので、ユアンはいらついたように髪をかき上げた。

「まったくもう。しばらく放っておきましょう。で、美咲はこんなところで何をしてるの？」

「衛星電話を探してるの」

「電話？　あるならロビーじゃない？」

「そうなんだけど――」

わたしは姫羅とまりあが見つけた衛星電話が壊れた状態だったことを話した。

「そんな。いったい誰が――」

ユアンが言いかけ、慌てて言葉を呑《の》み込んだ。〝誰が〟というのは、この中の〝誰か〟を意味するからだ。そう。この島にはわたしたちしかいない。つまり、わたしたちの中の〝誰か〟

がクリスを襲い、衛星電話をも壊したということになる。そうなると当然、第一発見者である京子に目が行く。

「わたし、電話を壊したりもしてへんからね」

京子はそう言うと、また泣きじゃくり始めた。

ベンチに力なく座り、涙をぬぐっている京子を前に、わたしはじっと考える。

この涙は本物だろうか？

彼女は本当に何もしていないのだろうか？


「美咲──！」

離れの調べを終えたのか、舞香が走ってきた。

「あら、ユアンも京子もいたのね。どう？　病院にはあった？」

「ううん、なかった。離れはどうだった？」

「なにも。というより、ほとんど物がなかった。離れというより、オフィスね。デスクにチェアにファイルキャビネット、デスクトップパソコン。オフィスの一角に、仮眠用のベッドがあるって感じだった」

「パソコンから衛星通信で助けを呼べないかな」

「それが、パスワードがかかってて。解除できなかったの」

「そっか……」

「でも、誰か詳しい人がいるかも。あとでみんなに聞いてみましょう。あと、離れの裏に小型ボートが泊めてあったの。ミスター・クリスが乗ってきたものだと思う。そこにもなかったわ」

「残念ね。ねぇ、それで助けを呼びに行けないかな」

「美咲、操縦できるの？」

舞香が意外そうに言う。

「ううん、できないけど」

「なんだ。だけどどのみち方向もわからずに出発なんてできないし、危険よ。ここは大人しく待つのが無難だわ」

「確かに」

わたしと話し終えると、舞香は京子の前に立った。

「京子、大変だったね。少しは落ち着いた？　ん？」

舞香はしゃがんで京子と同じ目線になり、優しく頭を撫《な》でた。

「日差しがきつくなってきたし、中に入らない？　冷たい飲み物をいただきましょう」

京子は真っ赤に泣き腫《は》らした目で舞香を見返すと、子供のように小さく首を縦に動かした。

「さあ行きましょ。喉《のど》がからからだわ。お腹もすいたわよね。京子がせっかく朝食を作ってくれてたのに、大変なことになってしまったものね」

舞香が立ち上がり、手を差し出す。京子はおずおずと手を取り、立ち上がった。舞香は京子に微笑みかけると、そのまま手をつないで歩き始めた。二人の様子を、ユアンがぽかんと眺めている。

「さすがね、舞香って。すぐに京子を泣き止ませられるんだもの」

ユアンはほとほと疲れた様子で立ち上がった。

「わたしたちも戻ろう。誰かが電話を見つけてくれているといいんだけど」

寄り添うように歩く舞香と京子の後ろから、わたしたちもついて行った。


バンケットルームへ戻ったが、血痕《けっこん》が生々しすぎるので、厨房へ行くことになった。厨房は広く、できあがった料理を並べるテーブルがあり、そこに作りかけの朝食が置かれている。簡易なものだが椅子もあったので、そこで朝食をとることにした。

「今のうちにバンケットルームのフロアを拭《ふ》いて、刃物も片付けておこうと思うんだけど、どうかしら」

舞香がわたしに耳打ちをする。

「現場は警察が来る時までそのままの方がいい。今のうちにもう一度見て、現場の写真を撮っておきたいんだけど、一緒に来てくれる?」

「いいけど、どうして？　わたしなんて役に立つかしら」

「わたし一人だと、証拠を隠滅したと思われるかもしれないでしょ」

「そういうことね。もちろんいいわ」

舞香と一緒に厨房から出ると、わたしの部屋に行き、スマホを持ってバンケットルームに向かった。

高さ十五センチほどのステージ近くに、血だまりと刃物があった。血のふちは乾きかけているが、まだ鉄さびのような、生臭いにおいを放っていた。驚いたことに、ハエが数匹たかっている。可能な限り現場を保存しておこうと思っているが、温度の高い南国だ。衛生面を考えると、警察がすぐに来ないなら片付けた方がいいかもしれない。

舞香が見守るそばで、現場の様子をいろいろな角度から写真に収めた。それからわたしは近くのテーブルにセットしてあったナプキンを使い、指紋がつかないように包丁を手に取り一本ずつためつすがめつする。刃物は出刃包丁、刺身包丁、三徳包丁、パン用のナイフ、ペティナイフと五本あった。そのどれにも血はついていない。拭き取られたとも思えない。どの刃物も、磨きたてのように光っているからだ。となると、これらは凶器ではないのかもしれない。

刃物の近くに厚手の布が落ちている。布は巻物のように長く、下半分は折り返して縫われており、ポケットのようになっていた。ポケットは数センチごとに縦に縫われ、細長く区切られている。このポケットに刃物を差し入れ、布を巻けば安全に刃物を持ち運ぶことができる。これは刃物用の収納ケースなのだろう。

わたしはバンケットルームを見渡す。もしも刃物が凶器ではないのなら、なにが凶器なのか？　わたしは歩きながら凶器を探した。バンケットテーブルの上には燭台《しょくだい》とキャンドル、フラワーアレンジメントが置かれている。これらも凶器になりえないことはないだろう。テーブルクロスを持ち上げ、テーブルの下も確認する。フロアにはそれらしきものは落ちていなかった。ステージにも上がり、あちこち見回して、わたしはある物にハッとする。それに近づくと、ほんのわずかに血痕がついていた。慌てて拭き取ったものの、見落としたのだろう。

――見つけた。凶器を。

わたしは確信すると現場、そして凶器と思われるものをカメラで撮る。厨房へ戻ったところに、ちょうど衛星電話を探し終えたまりあと姫羅もやって来た。

「どうだった？」

みんなが期待のこもった目を向けたが、二人は力なく首を横に振るだけだった。

「ミスター・クリスの離れでＰＣが見つかったけどロックがかかってるの。誰か解除できる人いないかしら」

舞香の問いにも、誰も答えない。

「ねえ、姫羅のそれ、スマートウォッチじゃないの？」

まりあが姫羅の手首を指で示す。

「緊急通報できるんじゃなかった？」

「とっくに試した。ＳＯＳ機能は確かにある。でも押したけど繋がらなかった。使える国の方がまだ少ないみたい」

「スマホの緊急通報も繋がらなかったもの。どこでも大丈夫なわけじゃないのね」

ユアンもため息をついた。

しんとなった空気に、舞香が活を入れるように手を叩《たた》く。

「こんな時こそ、気を強く持ちましょう。衛星電話がなくても、二週間後には色んな人がイベントに来ることになってるんだから、それまでの辛抱よ。もちろんミスター・クリスの体が心配だけど、そこはエレナを信じましょう。今はとにかく腹ごしらえよ。せっかく京子が作ってくれたんだから。ほら見て」

京子がスープやサラダ、パン、卵料理など、いくつもの食器を並べた。ヨーグルトにオレンジジュース、そして牛乳もある。こんな時なのに、美味《おい》しそうだと感じてしまった。

「いただきます……」食べかけて、ユアンが手を止める。「あ、エレナは？」

「多分、まだ処置中だと思う」舞香が答えた。

「どうしよう、待った方がいい？」

「いつになるかわからないし、せっかく京子が朝食を用意してくれたんだから、いただきましょう。エレナも待たれてるの、いやだと思う」

「そうだよ、ひとまず食べよう。いただきます」

大きな口でサラダを頬張ろうとした姫羅の動きが、一瞬止まる。わたしも正直、手を付けることを躊躇《ちゅうちょ》していた。

この朝食に、なにかが入っているのではないだろうか——

おそらく同じことに思い至ったのだろう、ユアンもまりあも、フォークを持ったまま口に運ぼうとしていない。この微妙な空気に、京子が気づかないはずがなかった。京子は、ふたたび泣きそうな顔でうつむいた。

「あらみんな、何してるの？　いただきましょうよ」

舞香は両手を合わせるとスプーンを取り、スープを飲んだ。

「うん、美味しい。ホッとする味だわ」

舞香はサラダや卵料理にも手を伸ばし、次々とたいらげていく。舞香になにも起こらないことを確認し、気まずそうに他の者も食べ始めた。わたしも口に運ぶ。アボカドとサーモンのサラダは、オリーブオイルとビネガーのきいたドレッシングが美味しい。オニオンチーズスープは香ばしくて甘みがあり、パンはふかふかしていてくるみが入っている。どのメニューもさすがシェフの作ったものだけあり、みんなは黙々と手を動かした。

京子はそんなわたしたちを、暗い目で見ている。それに気づいて舞香が言った。

「京子ったら、気にしちゃだめよ。あんなことがあったばかりで、みんな戸惑っているのよ。

大らかな心で許してあげてね」

「でも……みんなひどい」

うなだれる京子に、ユアンが苛立《いらだ》った口調で言った。

「はっきり言わせてもらっていい？　さっきからずっと被害者ぶってるのが納得いかない。正直、京子の作ったものを食べるなんて、勇気が要ったわ」

「ユアンったら言い過ぎ。京子、気にしなくていいからね」

「ねえ、舞香は京子のことが怖くないの？　クリスを襲って衛星電話まで破壊した張本人だとしたら、何をされるかわからないじゃない」

まりあも加勢する。

「怖くないわ。だって京子のこと、信じてるもの」

「いやいや、信じてるって言うけどさ」姫羅が苦笑する。「じゃあ舞香さんは、京子さんが犯人じゃないとしたら、誰だと思ってんの」

「誰って、決まってるじゃない。それは——」

舞香が言いかけたところに、エレナが戻って来た。

「エレナ！」

「お疲れ様」

「座って休んで」

みんなから口々に迎えられながら、エレナがわたしの隣に座った。

「今すぐ温かいのを用意するわね」

京子が涙をぬぐいながら、ガスコンロの方へ行った。

「ミスター・クリスの容態はどう？」

わたしは聞いた。

「大丈夫。傷口は縫合して今は安定してるわ。意識はまだ戻ってなくてちょくちょく様子を見たり点滴を交換したりしたいから、ストレッチャーでヴィラに連れてきた。スタッフルームが広くて端にあって静かだったし、そこに寝かせてるの」

「すぐ処置ができたから救えたのね。さすがだわエレナ」

舞香が労《いた》わるように微笑みかける。

京子がエレナの前に皿を置く。さぞかし空腹だったのか、エレナはがつがつと食べ始めた。

「ほら、エレナもわたしのこと怖がってないやん」

京子がほっとしたように言った。

「怖がる？」エレナが咀嚼《そしやく》しながら首をかしげる。「京子を？　どうして」

「わたしが第一発見者やから。包丁も散らばってたし、わたしが刺したんやないかって、みんな疑ってるんよ」

「ああ、そうか。まだみんなに話してなかったわね」

あっという間にサラダを食べ終え、スープを飲み始める。

「ミスター・クリスの体には、どこにも刺し傷はなかったわ。だから京子が犯人ということはないんじゃないかしら」

まりあやユアンが驚きの声をあげた。

「刺されたんじゃなかったの？」

「ええ。裂傷があったのは後頭部。かなり重いもので殴られたんだと思う。そこから出血していたの。縫合できたし出血も止まったわ。医療施設には幸いＣＴもあって、スキャンした限りは危険な脳内出血もなさそうだった。あとは意識が戻ってくれればいいんだけど」

「刺し傷がなくても、京子が犯人じゃないとは限らないじゃない」

ユアンが反論すると、エレナの顔に戸惑いが浮かんだ。

「そりゃあそうかもしれないけど……でも、もしも京子がやったとしたら、ずいぶんあからさまじゃない？　すぐにばれるようなことするかしら」

「だったらエレナは、いったい誰が犯人だと思ってるの」

「外部の人間よ」

当たり前でしょう、という表情でエレナが言った。

「わたしたち以外のってこと？」

「もちろん」

エレナが頷くと、舞香が「わたしと同じ意見。さっきそう言おうと思っていたの」と自信を得たように言った。

「どうしてよ。わたしたち以外、スタッフは全員帰ったんでしょう?」

「こっそり残ってる人がいるのよ、きっと。これだけ大きな島だもの」

ユアンとエレナのやり取りが始まった。

「なんの目的で?」

「もちろんミスター・クリスを襲うことだったんじゃない? どういう理由かはわからないけど」

エレナの隣で、舞香が頷いている。

「わたしもそう思うわ」

「舞香は、どうしてそこまで京子のことを信じられるの? エレナから刺し傷はないと聞く前から、ずっとそうじゃない。いったい、なにを根拠に?」

「だって、仲間だから」

舞香が言い切った。

「ここにいる全員、ファミリーのようなものだと思ってる。だからわたしは最初から、少しも京子を疑うなんていう発想はなかったの」

舞香の言葉に、京子が嬉しそうに涙ぐんだ。

「オーケー。じゃあ京子じゃなくて外部犯だとしても、どうしてこの島で？　本土でいくらでも機会があるのに」

「わたしが知るわけないでしょ。こういうことは、詳しい人に聞いてよ」エレナが助けを求めるようにわたしを見た。「ねえ、美咲はどう思うの？」

「現実とフィクションは別物よ」みんなから思いがけず期待を込めた視線を向けられて、慌ててわたしは念を押す。「どこまでわたしの意見が参考になるかわからないから、あくまでもわたしなりの想像だけど……まずこんな風に外界から隔絶された空間で襲うことは、リスクがあるよね。だって犯人は絞られてしまうんだもん」

「確かに」

「それでも実行する理由はいろいろ考えられるけど、まずは計画的でなく突発的だった場合。次に、絶対に人目に触れずに事件を起こしたい場合。そして場所に強いこだわりがある場合。それから場所に仕掛けがある場合。さらに、ターゲットと犯人がその時、その場所でしか接触できない場合」

本当はもうひとつ、「全員殺すつもりである場合」もあるのだが、不用意に恐怖心を与えないよう、言わないことにする。

「これらの中で現実的なものだと、何らかの理由で突発的に襲ってしまった可能性と、本土ではどうしても人の目が多くて実行できなかったからっていうパターンかなと思う。これのどちらかじゃないかな」

「美咲は正直なところ、どう思ってるの？」

まりあの質問に、わたしは少し考えてから答える。

「今のところはどちらも排除しきれない。それと、もうひとつ、とっても大事なことがある。それは京子だけじゃなくて、この中の全員、犯人である可能性があるってこと」

わたしが言うと、みんながいっせいに目を見開いた。

「それ、どういう意味よ。どうしてわたしたちも怪しまれるの」

ユアンが気色ばむ。

「気を悪くしないで。まだ倒れてるミスター・クリスが見つかった時のことを、京子を含めて誰からも話を聞いていないし、状況がわからないままでしょ。それなのに誰が犯人だとか決められないってこと」

「美咲の言う通りやわ」

京子が神妙に頷く。

「というわけで、全員から話を聞いてから、あらためて検証したいと思ってるの。まずは京子、聞かせてくれる？　冷静に話せる？」

「うん」

さっきまでと打って変わって、京子は落ち着きを取り戻していた。

「舞香とエレナはわたしのこと信じてくれてるし、美咲の言葉にも勇気が出た。だから大丈夫、ちゃんと話せる。ええとまず、わたしが起きたのは五時半やったかな。シャワーを浴びてメイクして下りてきたのが六時。冷蔵庫とパントリーの中を見て、だいたい何でも揃ってることを確認してから献立を考えた。それでとりあえず、みんなのためにパンを焼こうと思ってん」

さきほどのパンは手作りだったのかと、深刻な状況の中でも驚いてしまう。

「さすがプロね。ふかふかで甘くて美味しかったわ。だけどパンって発酵させたり時間がかかるんじゃないの？」

舞香が聞くと、京子は嬉《うれ》しそうに笑った。

「美味しかったやろ？　あれ、うちの店でも出してる自慢のレシピやねん。発酵しなくても焼けるんよ。で、今朝もちゃっちゃとパン生地を作って焼いた。その時点で六時十五分くらいになってたかな。それからオニオンスープ用の玉ねぎやサラダの野菜を切り始めたんやけど、備え付けの包丁があんまり手になじめへんかってん。だから部屋に、自分の包丁を取りに戻ったんやけど、それが六時半過ぎやと思う。料理を披露する場面もあるやろうと思ったから、包丁は何本も布のケースに巻いて持ってきててん。でも荷ほどきがまだ完了してなかったから、捜すのにちょっと手間取った。やっと包丁の入ったケースを見つけて下りて、バンケットルームを通り抜けて厨房へ行こう思った。ドアを開けたら、奥のドアからサッと誰かが出て行った気配がしたんよ。足音が遠のいていくのも聞こえた。誰かもう起きてきたんかな？　って思いながらステージの近くを通ったら、ミスター・クリスが倒れてて血が広がってて──その場で腰が抜けてしまったん。包丁もケースごと落として。もう、とにかく叫ぶしかでけへんかった」

思い出したのか、京子は身震いして両手で自分を抱きしめた。隣にいる舞香が、そっと肩をさすってやっている。

「じゃあ、そこに京子以外の誰かがいて、それが犯人ってこと？」

まりあがいぶかし気に聞く。

「そう。だからわたしやないって言うてるやん」

「どうかなぁ。なんとでも言えるよね」

ユアンが腕組みをして背もたれに体を預ける。明らかに納得していない表情だ。

「まあまあ、とにかく今は全員の話を聞こう」わたしは言った。「ちなみにわたしは六時に起きて支度して、部屋から出たのが、多分六時四十分頃かな。そうしたら舞香と姫羅と一緒になった」

「そうなのよね。わたしは五時頃に目がさめちゃって、半身浴をしながら読書をしてた。着替えて、ちょっと早いけど下りようと思ってドアを開けたら、美咲がいたの。すぐに姫羅も出てきたのよね」

「うん。あたしは何時頃に起きたんだっけな？　なんか適当に起きて、ぼーっとしてたら声が聞こえたから、何かあったのかなと思ってドアを開けた。で、三人で一緒に階段を下りていたら、また何度も悲鳴を聞いたんだよね。で、慌ててかけつけたら京子さんがいて、ミスター・クリスが倒れてた、と」

「美咲と舞香と姫羅は一緒だったわけだ」まりあが言った。「わたしはいつものルーティンで朝ヨガをしてた。せっかくだから海岸で、始めたのは五時過ぎだったかな。で、戻って来たら、泣いてる京子を連れ出すユアンとすれ違ったんだよね。ユアンは朝、どうしてたわけ？」

「わたしは睡眠こそ最大のスキンケアだと信じてるから、実はぎりぎりまで寝ていたの。朝にシャワーをしない派だし、素肌を休ませたいから今日はすっぴんでいる予定だった。だから起きたのは七時前。部屋のドアを開けたら、下が騒がしいから慌てて合流したの」

「最後はわたしね」エレナは自分から口を開いた。「わたしもぎりぎりまで寝てたわ。ユアンと同じで、部屋を出たら一階が騒然としてるから飛んで行ったのよ。ミスター・クリスが倒れてるのが見えてからは無我夢中だった。救命できてよかったわ」

「ありがとう。これで全員の行動がはっきりしたわね」

わたしはみんなを見回して礼を述べた。

「信じられへん。バンケットルームに来たっていう人、いないやん。絶対に誰かが嘘をついてる」

「あのね京子、この状況では、監視カメラの映像でもない限りは、みんなの言うことが真実かそうでないかは、証明できない。それは、京子が〝誰かが出て行った気配がした〟というのを含めてのこと。『誰かが嘘をついているかも』という中には、京子も入るのよ」

わたしの言葉に、京子は「そんなん……」と不服そうに鼻を鳴らす。

「ただ、今のところ、誰の証言にも矛盾は感じられないでしょう？」

「それは、まあ、そうやけど」

「誰かが嘘をついてる場合、矛盾が生じることもあるけど、今の話ではそうなってはいないわ。では全員の話が真実だと仮定するね。京子はミスター・クリスを襲ってもいないし、逃げる誰かの気配を感じた、でもこの中の誰もその時バンケットルームには行ってない。つまり、それはどういうこと？」

「まあそうなると……舞香とエレナの言う通り、やっぱり外部の人がいることになるね」

しぶしぶながら、まりあが納得したような表情になった。

「だよね。全員の話を聞いた結果、外部犯の可能性が高いと思う」

「美咲が整理してくれてよくわかった。やっぱりわたしとエレナの考えは正しかったんだわ」

舞香は誇らしげに胸を反らす。

「ちょっと待ってよ、美咲。京子が一番怪しいっていう事実は揺らがないと思うんだけど」

ユアンが食い下がる。

「オッケー、わかった。実は、京子が犯人像からは遠いと思う理由は他にもあるの。まず、わざわざ悲鳴をあげてみんなの注目を集める理由がない。さっさと逃げればよかったし、その時間は充分にあった。違う？」

「……確かに」

「それに、これからの二週間、いくらでもミスター・クリスと過ごす時間はある。それなのに、どうしてみんながバンケットルームに来る時間帯にわざわざ襲うの？」

ユアンは黙っている。

「あと、京子なら外傷を与えるのではなく、食べ物や飲み物に何かを仕込むという手もある。なのに、本来の凶器はその場には見当たらなくて、自分の包丁は落としたまま。わざわざこんな方法を、こんなタイミングで選ぶ意味がないわ」

「なるほどね。京子が犯人だとすると、余計に矛盾が出てくるわけだ。よくわかった。外部犯であることに異議なし」

ユアンがついに降参するように両手を上げた。

「美咲がいてくれてよかったわぁ、ほんまにありがとう」

「さすがね、美咲」

エレナも微笑んだ。

「でもそういえば、包丁で刺したんじゃなかったんでしょ？　いったい何が凶器だったんだろ」

姫羅が首をかしげた。

「それなら見つかったの。みんな、この写真を見てくれる？」

わたしはスマホの画面をみんなに見せる。

「——トロフィー？」まりあが驚きの声をあげる。「でも、昨日の夜のまま、台座の上にあるじゃない」

「よく見て」

クリスタルのトロフィーの画像をさらにズームアップした。

「あ」姫羅が気づいた。「血だ。下の方に、乾いた血がついてる」

「ほんまや。でもほんの少し。よく見ないとわからないくらい」

「おそらく犯人はこれでミスター・クリスを襲った後、血を拭き取ってから、台座に戻したんだと思う」

「逃げようとしてたところに、ちょうどわたしが戻って来たんやね」

「そうね。かなり狭い時間枠で襲ったことになる。京子がバンケットルームから離れていたのは十五分くらい？」

「うん。でもなんでやろう」

「なにかの理由で、そこでしか接近できなかったのかもしれない。その人物はミスター・クリスと普段からもめているとかね。島にはその人物はいないと思われてるから近づきやすいとはいえ、離れを訪ねても、部屋から出てきてはくれないかもしれない。離れからヴィラに来る間は庭だから、わたしたちの部屋から見下ろされて目撃される可能性がある。ミスター・クリスがヴィラに入ってすぐ、一人きりであることを確かめて、今しかないと思ったのかも」

「そういえば朝食を七時だと決めた時、周りに何人かスタッフがいたわ。ミスター・クリスがここに来ることを知って待機していたのかもね」

ユアンが言った。

「そこでその場にあったトロフィーで殴って、ミスター・クリス殺害に成功したと思って——あれ、ちょっと待って」

ユアンの顔色が変わる。

「犯人にとってミスター・クリスが一命をとりとめたことは、計算外ってことでしょう？　ということは、またミスター・クリスを襲いに戻って来るんじゃない？」

「二人以上のグループに分かれてみんなで戸締りしましょう」

舞香が立ち上がった。

「衛星電話を探した時、誰もいないことは確かめているし、今から手分けして戸締りすれば大丈夫よ。急ぎましょう」

メインエントランス、テラスへ続く掃き出し窓、裏口など、誰も潜んでいないことを確認してからしっかりと鍵《かぎ》を閉めた。もちろん二階も念のため、戸締りしておく。ものの十五分ほどで作業は済み、みんなでロビーに集まった。

「これで安心だね」姫羅がぐるりと見回し、ふとカウンターに目を留める。「あーあ、これで衛星電話があればなあ。あ、そうだ。さっきみんなで探した時は手術中だったから手術室は探してないよね。もしかしてそこに――」

「手術が終わったあと、もちろん探した」エレナが残念そうに首を横に振った。「だけどなかったの」

「やっぱそっかあ。ねえ美咲さん、どうして犯人は衛星電話を壊したわけ？」

「犯人が通信手段を断つ主な理由は、逃げるための時間稼ぎでしょうね。わたしたちが本土に連絡をするのを止めたいのよ」

「ったく迷惑な犯人だなあ。なんでミスター・クリスともめてるのか知らないけど、あたしたちを巻き込むなっつーの。でもまあ、少しだけ気が楽になったよ。ヴィラの外に犯人がいると思うと気持ちが悪いけど、逆に言えば外に出ないで二週間過ごせばいいわけでしょ――あっ」

姫羅がうなだれた。

「こんなことになったら、さすがにミスコンは中止か」

「それは仕方がないわ」

舞香が姫羅の頭をよしよししてやる。

「今はミスター・クリスの回復が最優先。わたしたちのことなんて、二の次三の次よ。ね？」

「うん……そうだよね、非常事態だもんね」姫羅は素直に頷いた。「それにしても、まさかこんなことが起こるなんて。この島に来た時は想像もしてなかったな」

希望に胸を膨らませて島に降りたった昨日のことを振り返っているのだろう、みんなは沈んだ面持ちで、しばらく黙り込んだ。

「あまり思いつめるのはよしましょう。緊急時こそ深呼吸して心を落ち着けるのが大切だって、別のコンテストの講座で教わったわ。そういえば、ヨガって呼吸を深めるのよね？　まりあにヨガを教えてもらうのはどうかしら」

舞香の提案に、エレナが頷いた。

「いいわね。適度に体を動かした方が、ストレスレベルは下がるし」

「わたしでよければ、喜んで」

まりあが気を取り直したように微笑む。

「さっき電話を探している時にジムに行ったけど、ヨガマットもあったの。広かったし、ジムでやろうよ」

みんなが賛成し、ロビーから同じフロアにあるジムへと移動した。ダンベルやトレッドミル、フィットネスバイクなどのトレーニングマシンが充実している。大きな窓から海も見え、贅沢《ぜいたく》な空間だった。

壁際にあったヨガマットをみんなで中央に持ち寄り、まりあによるヨガレッスンが始まる。

ずっと配信でまりあのヨガに触れてきたが、最近では企業とのコラボ商品の宣伝や、まりあのメイクやファッション、きらきらした私生活をフィーチャーした動画がアップされて、レッスンを軸としたもの以外が増えてきていた。けれどもこうして実際のレッスンを受けてみると、そっと手を添えて無理なくポーズを修正してくれたり、「この豊かな島の大地に、座骨をぐっと突き刺すイメージで座りましょう」「目の前に広がる波のリズムに合わせるように、呼吸を深めていきましょう」など、この場所ならではのイメージを喚起させる指示を出してくれたりと、エキスパートとしての真摯《しんし》な姿勢を垣間見《かいまみ》られた気がした。

どんどん心と体の緊張がほぐれていく。ふと気がつくと、みんなも癒《い》やされたような、穏やかな表情になっていた。

つくづくヨガをするのは良い提案だった。わたしは「勝利の女神のポーズ」を見惚《みと》れるほどのバランスでやってのける舞香のことを、感謝の気持ちで眺めた。

ヨガが終わった後も、なんとなく一人で部屋に帰る気分にはなれず、ジムに留《とど》まって、軽くトレーニングマシンで運動することにした。他のみんなもわたしと同じ気分だったらしく、それぞれトレッドミルやフィットネスバイクなどで体を動かしている。どれも最新型のマシンばかりで、分析ボタンを押せば消費カロリーや心拍数などが記録用紙に印字される。「こんなに運動して消費カロリーこれだけ?」と姫羅が口を尖《とが》らせ、みんなが笑った。多分、姫羅なりに雰囲気を明るくしようとしたのだと思う。

「あら、もう四時だわ。なにか食べようかと思うけど、みんなの分も作る？」

ユアンの言葉に、みんなが遠慮がちに京子を見た。

「ごめん……ちょっとさっきのトラウマで、包丁を持つ気にならへん。ユアンにお任せするね」

申し訳なさそうに言う京子をかばうように、舞香が機転を利かせた。

「じゃあみんなで作りましょう。京子は朝も作ってくれたんだし、休んでて」

「でも、あんまり食欲湧かないな」

姫羅が言った。正直、わたしも同じだった。が、確かに少しでも食べておいた方がいいだろう。

「サンドイッチくらいなら食べられるんじゃない？」

わたしが言うと、

「それがいいわね。作り置きしておけるし」

とまりあが賛成し、みんなで厨房へ移動した。

厨房でそれぞれ卵をゆでたりハムを切ったりと、手分けをした。人数が多くて手持ち無沙汰《ぶさた》になったエレナがコーンドッグ、ユアンはスンドゥブチゲ、まりあがムカテヤマヤイを作ると言った。コーンドッグは、ソーセージを串にさして衣をつけて揚げたものだ。日本でアメリカンドッグと呼ばれているものと同じらしい。スンドゥブチゲはピリ辛の豆腐《とうふ》鍋《なべ》で、ユアンは韓国仕込みの本格レシピで作れると言う。ムカテヤマヤイは牛ひき肉と玉ねぎのみじん切りを炒《いた》めたら卵を混ぜ、強力粉で伸ばした生地に包んで焼いたもので、スワヒリ語でムカテがパン、マヤイが卵という意味だそうだ。

できあがった料理が並び、それぞれ手を合わせて食べ始める。

「美味しいね」

「うん」

「少し元気が出た」

ぽつぽつそんな声があがった。

「これ、シンプルなのに面白いね」

切り分けたムカテヤマヤイを頬張りながら、京子が言う。

「ほんと？　喜んでもらえて嬉しいな。これ、簡単だからよく作るんだよね」

「色んな国の料理を食べてきたつもりやけど、やっぱりまだまだ、わたしの知らないレシピってあるんやなあ」

感心したように、だけどちょっぴり悔しそうに京子が言った。

「やっぱり世界中を旅して食べ歩いてるの？」

エレナが聞いた。

「ううん、実は恥ずかしいねんけど、飛行機が苦手で、できるだけ乗りたくないねん。いとこが、海外の遊覧飛行で事故にあって亡くなったことがトラウマで」京子が哀しげな表情をした。

「でも日本国内でも、移民の人が本格的な郷土料理のお店を開いてはるやろ？　だから現地で食べるのと遜色《そんしょく》ないと思ってる。まりあも、このレシピは国内で習ったんやろ？」

「ううん。アフリカで、屋台のおじちゃんから習ったんだよ」

「え、すごい！　アフリカに行ったことあるん？」

京子が驚く。

「うん、ヨガの大会があってね。一か月くらいかけて旅しながらナイジェリアとカメルーンを回った。楽しかったなぁ」

「その割には日焼けしてないわね。いつの話？」

エレナが頬張りながら聞く。

「一年くらい前かな。帰って来たばっかの時は、少し焼けてたよ。日焼け止めをがっつり塗ってたのに、アフリカの日差しは半端ないわ。本当は長袖《ながそで》を着るべきだったけど、暑くて無理だったし。インドとかスリランカ、あ、あとハワイもオーストラリアも行った。ヨガは色んな国で盛んだから、大会に参加したり講師として呼ばれたりしてね。それこそ色んな珍しい料理を食べたなぁ。その中でも、このムカテヤマヤイは格別だった」

「本場の屋台のレシピか。そりゃあ美味しいはずやね。羨《うらや》ましいなあ」

「羨ましいって言うけどさ、本気で世界中の味を研究したいと思うなら、飛行機が怖くたって行けばいいじゃない。実際、今回のビューティーキャンプには飛行機にも乗って来たわけでしょ」

まりあが少し呆《あき》れた口調で言った。

「だから、どうしてもの場合だけ――」

「京子は料理のプロだよね。世界の料理を研究することは『どうしてもの場合』じゃないの？　行けない時点で、京子の料理への覚悟はその程度ってことじゃん」

京子はムッとしたように口を尖らせる。せっかくみんなの雰囲気が良くなっていたのに、またとげとげしくなりつつあった。

「日本でも、色んな国のレベルの高いお料理は食べられるって言ったやん。わざわざ行かなくても研究できるんやから」

「ヨガだって日本でかなり研究されてるし発展もしてる。だけど極めようとしたら、やっぱりインドへは行くよね。芸術もそうでしょ？　このご時世、インターネットでいくらでも世界の音楽や絵画に触れることはできるよ。だけど実際に本場に赴いて、そこの空気を感じながら鑑賞するのとは全然違う。ねえ、まさかイタリアンシェフとして、イタリアに行ったことないってことはないよね？」

京子はうつむいて黙っている。

「嘘……信じられない」

さすがに自分が手掛ける料理の国には行ったことがあると思っていたのだろう、まりあが目を丸くする。

「だって、両親から受け継いだ味があるから、現地に行く必要なかったんやもん……」

京子は反論するも、声が消え入りそうになっている。重たい空気になりかけた時、

「いいじゃん、美味しけりゃ！」

と姫羅が明るい声で言い、ムカテヤマヤイにかぶりついた。

「必ずしも現地に行く必要があるとは、あたしは思わないね。だってイタリアにだって、料理がへったくそな奴もいるっしょ。住んでても、イタリア料理をマスターできるわけじゃないってことじゃん」

「姫羅の言う通りだわ」舞香も笑顔を作った。「実際に京子の腕は確かなんだから、それでいいじゃない」

「ちょいとみなさん、わたしのスンドゥブチゲを忘れてやいませんか。一生懸命作ったんだから、こっちにも注目してよ」

ユアンがおどけた口調で言いながら、さりげなく話題を変えた。

「ハルモニの秘伝レシピなのよ。あ、ハルモニって韓国語でおばあちゃんね。韓国からわざわざ持ってきた豆腐、わかめ、唐辛子、牡蠣《かき》エキスとか、色んな食材と調味料を入れてるんだから。我ながら、複雑で深みのある味になってると思うんだけど」

「確かにとっても美味しい」

「子供にも人気の味だからね。よく近所にも振るまってあげるのよ。おふくろの味ってとこかな」

「けっこう辛くない？　子供でも大丈夫なの？」

「うん、いつも作ってあげてる身近な子供たちは、みんな平気で食べてるわよ」

姫羅や舞香、ユアンの機転で空気が戻ったことに感謝しつつ、わたしはあらためてスンドゥブチゲを口に含んだ。辛みの中に甘さがあり、豆腐のまろやかさと絡み合っている。

「豆腐なんて荷物で持ってこれんの？」

姫羅がスプーンでふうふう冷ましながら聞く。

「真空パックのがあるの。常温で保存できて、賞味期限も長い。日本でも売ってるわよ」

「へえ、知らなかった。でさあ、これまたスンドゥブに、コーンドッグが意外と合うんだよね。辛くなった舌に、ほんのり甘い衣がちょうどいい」

「言われてみれば、確かに合うわね。衣がさくさくで、それもいいわ。衣は、エレナの特別レシピなの？」

舞香が衣だけをちぎり、確かめるように味わっている。

「姉から教わったレシピで、よく一緒に作ってたの。コーンフラワーとホットケーキミックスを混ぜて作るのよ。コーンフラワー単体より仕上がりがいい気がするんだって。姉は何度も試作した結果、分量はコーンフラワー7に対してホットケーキミックス3がベストだという結論に達したらしいわ」

「お姉さんと仲がいいのね」

「姉は体が弱かったから、いつも一緒にいたの。そもそも姉の体を治してあげたい、と思い立って医者を目指したから」

「いい話。それもスピーチに入れたら？」

「ありきたりよ。身内の病気をきっかけに医師を目指す人、多いもの」

「うーん、言われてみれば確かによく聞くかもね」

「だけど姉妹愛には変わりないし、えらいわよ。わたし一人っ子だったから、お姉さんがいるの憧れるな」

わたしの言葉に、姫羅が大きく頭を上下に振る。

「あたしも。男でもいいから、きょうだいが欲しかったなあ」

「一人っ子の方がいいって、絶対」まりあが顔をしかめる。「うち弟がいるんだけど、通った高校が荒れてたから、やんちゃしてた時期があるの。仕事しても続かないし、あげくにいい年して動画配信者になって年収一億円を目指すとか言い出すんだよ。今でもわたしにお小遣いせびるんだから」

「あ、弟さんってもしかして、インスタに出てた――」

わたしが反応すると、まりあが「やーだ、見たことある？　恥ずかしー」と両手を頬に当てた。まりあのSNSに時折、「今日、弟とラーメン食べに行った」「弟とドライブの巻」など登場している。ブリーチした髪は場所によって赤や青で、ピアスをいくつもしているなど、確かにとてもかたぎには見えない。コメント欄でも「ハンサムな弟さんですね」という好意的なものに交じって、「どうみても反社」「やばい奴っぽい」などネガティブなものもあった。

「おバカ丸出しな顔してたでしょー。っていうかほんと、おバカだからさ。動画配信用の高い機材も揃えちゃって。っていうかそのお金もわたしから出てるんだけど」

「まりあさんらしくないじゃん。そんなのバシッと断れそうなのに」

姫羅は意外そうだ。

「ま、用心棒がわりになるしね。わたしも顔を出して活動してる分、やっぱりリスクはあるじゃない。でもわたしにはこんなにいかつい弟がいますよ、みたいなさ。それに、呼べば真夜中でもかけつけてくれたり、優しいところもあるのよ」

「なーんだ、結局仲良しじゃないですか」

「でも煩わしいことの方が多いもん。家でもゲームの音とかうるさかったし、ずっと一人っ子がいいって思ってた。ああでも、確かにお姉さんなら欲しかったかも」

「姉との関係だっていいことばかりじゃないわ。女同士って難しいところあるじゃない」

エレナが笑う。

「両親はずっと病弱な姉にかかりきりで、わたしなんて赤ちゃんの時から放ったらかし。シッターさんに育ててもらったようなものよ。それだけでも不公平を感じるのに、姉は優秀で何でもできるもんだから、ますます愛情を一身に受けて。姉と比べられて、ずっとコンプレックスを感じてたんだから」

「エレナさんみたいに医師になるような頭のいい人でも、コンプレックスを感じるわけ？　だったら、あたしなんてどーなんの」

姫羅が苦笑すると、舞香も頷いた。

「そうよ。それにお姉さんのために医師になったんでしょ？」

「それが不思議なところよね。今はとっても仲がいいのよ。大人になったからかしら」

「へえ、そんなことを聞いたら、やっぱり欲しかったなあって思っちゃう。一緒にショッピング行ったり、服とかバッグを貸し借りしたり」

わたしが言うと、「飲みにも行きたいよね」「旅行もいい。友達だと気を遣うもん」とひとしきり盛り上がった。

舞香はコーンドッグ全体をほおばり、「んー、やっぱり美味しい」と顔をほころばせた。

「舞香も作ってみたらいいのよ、簡単だから。わたし、毎週作ってる」

「エレナはお医者さままで忙しいんでしょ。それなのにマメに料理するの？」

「普段は時間的にあんまりできないけど、嫌いじゃないわ。お料理って化学反応だもの。実験みたいで楽しいじゃない」

「さすが理系ね」

舞香が笑う隣で、京子は黙々と料理を口に運んでいる。そして自分の前にある皿を空にすると、丁寧に両手を合わせた。

「ごちそうさま。みんなのお料理、堪能させてもらいました。今日、こうやって久しぶりに人に作ってもらったものを食べて、その背景にある物語も聞けて、心に沁《し》みたわ」

京子はしおらしく言うと、みんなの顔を見回した。

「さっきまりあに言われたこと、最初は腹が立ったけど、その通りやなって思う。親の店やし、雑誌やテレビで若い頃からもてはやされて、甘えがあったことは否定できへん。シェフとしての自分の姿勢を見直してみるわ」

京子の言葉にみんなホッとした表情になったが、一番安堵しているのはまりあのようだった。

「ごめんね、言い過ぎちゃって」

「ううん、ほんまのことやもん。明日《あした》から新しい気持ちで厨房に立って、みんなのために腕を振るわせてもらうね」

京子が晴れ晴れとした顔で言い、和やかな雰囲気の中で食事の時間が終わった。

皿を洗って片付けた後は、まりあ、ユアン、姫羅、京子は、部屋で休むと戻って行った。わたしと舞香とエレナはロビーでコーヒーを飲んでいる。

日が暮れていく。海が少しずつ朱色に染まりゆく荘厳な様子を眺めていると、この神々しいほど美しい島で不穏な事件が起こったなんて信じられなかった。犯人はまだいるのだろうか。それとも何らかの方法で出て行ったのだろうか——

エレナは何度かミスター・クリスの様子を見に行っては戻って来る。

「容態はどう？」

舞香が読んでいた本から顔をあげて聞く。

「落ち着いてはいるんだけど……」

「まだ目は覚めないの？」

「残念ながら」

エレナは残念そうに首を横に振り、ソファに座った。

「まったく。犯人はどこに潜んでいるのかしらね。気持ちが悪いわ」

舞香がいまいましげに爪を噛《か》む。

「潜むとしたら、現実的に考えると離れか病院よね。だけど、わたしヨガをしている間もずっと考えていたんだけど……いるとしても、わたしたちのことは襲わない気がしてきた」

わたしが言うと、舞香が意外そうな顔をした。

「どうして？」

「舞香は離れ、わたしは病院に一人で電話を探しに行ったよね。もし何かしようとしていたのなら、絶好のチャンスじゃない？」

「ああ……確かにそうだわ」

「エレナも病院に処置をしに行った時、一緒にいたのは意識不明のミスター・クリスだけだった。だけど襲われていない」

「ええ、そうね」

「それに、もしも襲ってきたとしても……それほど脅威にならないんじゃないかな」

「どうしてそんなことが言えるの？」

舞香が首をかしげる。

「おそらく、犯人は屈強な男性でなく、女性である可能性が高いから」

「え⁉」

エレナが目を見開いた。

「クリスタルのトロフィーはかなり重い。それをもってしても、致命傷を負わすことができなかった。つまり犯人はそこまで長身でも、力があるわけでもないということ」

「なるほど……」

舞香が大きく頷く。

「となると、いろいろなつじつまが合ってくるの。なぜ秘密裏に島に残っていたのか。なぜあんな狭い時間帯で犯行に及んだのか。なぜその場にある凶器を使ったのか。そして動機は何か」

エレナがごくりと唾《つば》を飲み、視線で続きを促した。

「例えばの話だけど、犯人が女性だとすると、二人の関係は公にできるものではなかったということが考えられるなって。その場にあったものを使った突発的犯行だったとすると、もともとは親しい間柄だったとも想像できる。ミスター・クリスは独身だけど、お相手が結婚しているのかもしれないし、または時代錯誤だけど身分違いで周囲に認められていない可能性もある。そして今朝、予定外に、彼女がバンケットルームにやって来た。何らかの理由で口論になった末、彼女はとっさにトロフィーでミスター・クリスを殴ってしまった……そんなことがあったのかもしれないなって」

舞香とエレナが大きく頷く。

「確かに。それならつじつまが合うわ」

「もしもこういうことが起こったのだとしたら、彼女にしても、殺すつもりなんてなかったんじゃないかな。だから一命をとりとめてホッとしているはず。後悔しているでしょうね。もしこの見立てが正しければ、これ以上は何かしたりしないはずよ」

「思いつかなかったわ。そうだとしたら、犯人はわたしたちを襲う必要はないわね」

クールなエレナに感心され、悪い気はしない。

「そうね。ただ、もちろん用心するに越したことはない。だから救助が来るまで、ヴィラから出ない方がいいと思う」

「そうしよう。ああ、安心した。他の子たちにも今の見立てを教えてあげた方がいいかもね。みんなを呼んでくる」

舞香が二階へ上がっていく。

「コーヒーを用意しておくわ。美咲も、おかわり飲むでしょう？」

エレナも厨房へ向かった。わたしも手伝おうと立ち上がりかけた時、舞香が戻って来た。

「姫羅に、みんなを呼んで下りてくるように言ってきたわ。ああ、なんだか心が軽くなった。美咲のおかげ」

「そんな、大したことないわよ」

「ううん、冷静に事実を整理してくれて本当に助かったわ。美咲って、自分に自信がないみたいだったけど、ちゃんと誇れるものがあるじゃない。胸を張っていいと思うわ。わたしは現場を撮影した時のサポートくらいしか役に立ってないけど、これから二週間、できることがあったら何でも手伝うからね」

「ありがとう、心強い。わたしこそ今日は舞香に助けられてばかりだった。緊急時なのに穏やかにみんなを引っ張ってくれて感謝してる。舞香ってリーダーシップがあるのね。仲間を心から信頼してるっていうのも素晴らしいと思った」

「そんなことないわ。褒めすぎよ」

舞香が照れくさそうに言う。そこへ姫羅とユアンと京子が下りてきた。

「ずっとドアチャイムを鳴らしたりノックしたりしてるんだけど、まりあ、全然返事がないんだよね」

「そっとしておいてあげたら？」ワゴンカートでコーヒーの用意をして持ってきたエレナを手伝いながら、舞香が言う。「まりあは早朝からヨガをしてたし、ぐっすり寝てるんじゃない？」

「まあそうやね。じゃあ、ええか」

京子たちがソファに座る。

みんなが席につき、コーヒーが配られると、舞香が口を開いた。

「あのね、さっき美咲が分析してくれたんだけど――」

舞香がさきほどのわたしの見立てを告げると、姫羅とユアンは安堵の表情を浮かべた。

「あーよかった。あたし、二階で寝ながらもちょっとビビってたんだよね」

「戸締りはしっかりしたけど、わたしもやっぱり気にはなってた」

「あくまでも可能性だからね？　気は抜かないで」

わたしが念を押すと、みんなが頷いた。

それからしばらくはコーヒーを手に、ゆっくりと沈みゆく夕日をみんなで眺めていた。

「もうそろそろ、まりあも起こしてあげへん？」

ほとんど夕日が沈み、海が暗くなった時、ふと京子が言った。

「そうだね。ちょっと見てくる」

わたしは立ち上がり、二階へと上がった。まりあの部屋のチャイムを鳴らす。が、出てこない。重厚なスチール製のドアを強めにノックしても反応はなかった。いやな予感が頭をもたげる。わたしはロビーに戻った。

「どうだった？」

ユアンが聞く。

「反応なし。合鍵、どこかにないかな」

わたしがフロントデスクの棚や引き出しを開けていると、みんなも一緒に探してくれた。ヴィラのロゴが入った金属プレート付きの鍵が出てきた。スペアキーかもしれない。全部の鍵を持って上がって試してみたが、まりあの部屋に合うものはなかった。

「あたしの部屋、隣じゃん？　ベランダから覗《のぞ》けないかな」

「そうね、行ってみましょう」

みんなで姫羅の部屋へ入り、掃き出し窓からバルコニーへ出た。バルコニーは広く、アイアンワークの洒落《しゃれ》たガーデンテーブルと、チェアが三脚置いてある。隣との距離は一メートルほどで、角度的に姫羅の部屋のバルコニーからはまりあの部屋のソファやキャビネットが見えるだけだ。ベッドは見えず、もし眠っているのだとしてもわからない。

「しょうがないわね。わたしが飛び移ってみるわ」

舞香が柵《さく》に足をかけると、エレナが「ダメよ！」と強く言った。

「落ちたらどうするのよ。これ以上患者を増やさないで」

「平気よ。せいぜい二階だし、昔新体操やってたの。これくらい余裕で跳べるわ」

「お願い、やめて、危ないったら」

エレナが止めるのも聞かず、舞香は器用に隣へ移った。お茶目にピースをしてみせた舞香だったが、中を覗き込んだ途端、「あ！」と叫んだ。

「まりあが床に倒れてる！　まりあ！　まりあ！」舞香が窓を思い切り叩く。「全然反応がないわ。窓を割らないと！　早く！」

舞香がガーデンチェアを持ち上げた。かなり重いのか数十センチしか持ち上がらないが、舞香は窓に打ち付けようとした。

「やめて！　ガラスが割れたらあなたも怪我をする！」

エレナが悲鳴のような声をあげる。

「仲間が危険な状態にあるのに、見捨てたりなんてできないもの！　わたしなんてどうなってもいい！」

「だめよ舞香、やめて！」

エレナが叫ぶ中、舞香はチェアを思い切りガラスに打ち付けた。が、弾《はじ》き返され、舞香はチエアごと、しりもちをついた。

「――何なの、これ」

窓ガラスにはひびすら入っていない。舞香は再び立ち上がり、チェアを摑《つか》んで打ち付ける。が、やはりガラスに弾き戻された。

「どうして……」

「セキュリティガラスなんだわ」

ユアンが言った。

「強化ガラスってこと？」

「ううん、強化ガラスは割れる。でもセキュリティガラスは、何段階か強度のレベルはあるんだけど、最大レベルのものになるとハンマーでもつるはしでも、ひびが入る程度で、割れないし穴もあかないの。韓国の高層ホテルでも使われてるわ。それにここは島でしょう？　台風でいろいろなものが飛んできても割れないようにしてあるんだと思う」

「そんな……」

舞香が呆然としながら立ち上がった。

「みんなで手伝おう」

わたしと舞香とで落ちないように支えて、全員が隣のバルコニーに移った。窓から覗くと、カーペットの上にまりあが仰向けに倒れているのが見える。立っている状態からくずおれたのか、手足が不自然なポーズで投げ出されていた。かろうじて見える横顔から、口が半開きなのがわかる。まりあの近くにブランデーグラスが転がっていた。姫羅とユアンと京子の三人でテーブルを持ち上げ、ガラスに思い切りぶつけている。わたしはチェアを持ちあげた。重かった。前後に勢いをつけてから、全身の体重をかけてガラスに当てる。が、びくともしなかった。音も、カンという高いものではなく、ボンという、ガラスを叩いているとは思えない、こもった音だ。エレナもチェアを使っているが、誰ひとり、瑕《きず》すらつけられていなかった。

「みんな、他のもので試してみましょう。このテーブルもチェアも風で飛ばないようにかなり重量があるから、振り上げるのが大変だわ。誰か、石とかハンマーとか、何でもいいから持ってきて」

「わかった!」

京子、姫羅、ユアンが隣の部屋を経由して屋内に戻った。京子がハンマーを二本持って戻ってきた。わたしと舞香でそれを受け取ると、思い切り振りかぶってガラスに打ち付ける。十回程度では瑕すらつかなかったが、諦めないで叩くうちに少し瑕がつき、さらに重点的に打ち付けると蜘蛛《くも》の巣のような模様が徐々に広がってきた。最大レベルのセキュリティガラスではなかったのかもしれない。ラッキーだった。

とはいえ、蜘蛛の巣はなかなか大きくならない。やっと二センチ程度の大きさになったところで、音をあげそうになる。台風で木や石などが飛んできても割れないのであれば、女の手で、しかもハンマーで叩くだけで破壊できるのはいったいいつになるだろう。くじけそうになるが、手を入れて鍵を開けられるくらいの穴があけばいいのだから、と自分に言い聞かせる。

「こんなのがあったわ」

ユアンが暖炉の火かき棒を持ってきた。蜘蛛の巣の中心に、舞香が槍《やり》のように突き刺してみる。ほんのわずかに、細かな破片が飛び散った。

「時間はかかるかもしれないけど、穴をあけられるかもしれない」

火かき棒を握り直した舞香の声に喜びがまじる。

「そうかな……ねえ、こんなこと言っちゃわるいけどさ、すごく時間かかりそうだし、部屋を開けたとしても……もう助からないんじゃない？」

ユアンが遠慮がちに言うと、舞香が目を吊《つ》り上げた。

「何を言ってるの！　諦めるってことは、仲間を見捨てることよ？　それにエレナだっているんだもの、ミスター・クリスを救えたように、まりあのことも助けられるかもしれないじゃない」

舞香の剣幕に、ユアンが「ごめん、確かにそうね」と申し訳なさそうに謝った。

「わたしたち、ドアから攻めてみるわ。ドアなら壊せるかもしれない」

ユアンはハンマーを一本持って姫羅と京子を連れて屋内へ戻った。ドアが壊れてくれることに期待しつつ、わたしと舞香とエレナは交代しながら作業を続けた。蜘蛛の巣は徐々に大きくなり、細かな破片がこぼれてくるけれど、なかなか穴はあかない。そのうちに、両手が擦り剝《む》け、血が出てきた。ほとんど何の変化もないまま時間だけが経っていく。体力の限界を感じながらも窓を二時間ほど叩き続けた後、エレナが口を開いた。

「言いにくいけど、これ以上は無駄だと思う」

エレナが申し訳なさそうに、舞香の手を止めようとした。

「二時間以上、声をかけたり、チャイムを鳴らしたりしてるのに、まりあは微動だにしていない。そしてどうやら失禁もしている。おそらく、もう――」

「だめよ、仲間だもの。ねえ見て、一部分だけだけど、ガラスが薄くなってきた。頑張れば、穴があくわ、きっと」

まりあのために髪を振り乱し、汗だくになり、手から血を流しながらも、舞香は手を止めなかった。

「わかった。じゃあ舞香、続きは明日にしよう。ね？」

エレナが優しく、舞香の手から火かき棒を取りあげた。ほとんど握る力が残っていなかったのだろう、舞香の手から、それはするりと抜けた。

「そうね、明日ね。……明日、必ず助け出しましょう」

さすがに力尽きたのか、舞香はそれ以上抵抗しなかった。ふらつく舞香を、わたしとエレナで支えるようにしてバルコニーを越えさせ、屋内へと戻った。

重厚なスチールドアは、へこみはしていたが、とても破壊できるようなものではなかったようだ。ドア周辺の壁にもいくつも瑕ができていたが、コンクリートなので壊すことは難しいだろう。やはり窓を地道に壊すしかなさそうだと思いながら、わたしはまりあの部屋の前を通り過ぎた。

重苦しい雰囲気の中、ロビーに全員集まった。互いに目を合わせず黙り込んでいる。

「まりあが倒れてたところに、グラスが落ちてたよね」

京子が沈黙を破った。

「あれって、毒を盛られたってことじゃないん？」

みんな、気まずそうに視線を合わさない。わたしも、このことをどう考えればいいか迷っていた。

「そうとは限らない。部屋に入って検証しないことには、なんとも言えないわ」

わたしの言葉に、舞香が頷いた。

「そうよ、憶測はやめましょう」

「憶測？　じゃあ毒じゃないとしたら、舞香はなんだと思うわけ」

ユアンの口調はとげとげしい。

「持病があるのかもしれないじゃない？」

舞香は沈痛な面持ちだった。助けられなかったことに、責任を感じている顔だ。

「ミスター・クリスが襲われて、まりあさんが持病で倒れる？　そんな偶然、あるわけなくない？　それに、このミスコンにエントリーしてる時点で健康なんでしょ」

姫羅が吐き捨てた。

「みんな心の中で思ってるんだろうけど、言えないだろうからあたしが言う。犯人は外部なんかじゃなくて、この中にいるんじゃねーの？」

空気が張り詰めた。

「どう考えても不自然じゃん。外部の犯人なんていないんだよ。それに、うちらの誰かじゃないと、まりあさんのグラスに毒を仕込めないじゃん」

「姫羅！」舞香が叱るように鋭く言った。「わたしたち、仲間でしょう？　仲間を信じなくてどうするの」

「いい子ぶるなよ、お前が犯人かもしんないじゃん」

「わたしが？」

心底驚愕《きょうがく》しているように、舞香が大きな目を見開いた。

「京子さんの時から仲間仲間ってさ。不自然だよ」

「なんてことを……」

舞香は一瞬声を荒らげそうになったが、すぐに冷静さを取り戻した。

「姫羅に疑われるなんて心外だけど、こんな不安定な状況じゃしょうがないわね。わたしはこの中の誰も疑っていない。百歩譲ってまりあが何かを盛られたんだとしても、やっぱり外部の人だと思ってる」

「美咲の意見は？」

ユアンに水を向けられて、わたしは言葉を探す。

「今の状態じゃ、なんとも言えないわね。ただ、疑い合うのはよくないとはいえ、そうなってしまう気持ちもわかるよ。だからとりあえず、今日は全員ロビーで就寝するのはどう？」

「ここで？」戸惑ったように、エレナが全体を見渡す。「そりゃあソファは充分あるけど……」

「良いアイデアだと思うわ。姫羅もユアンも京子も、お互いに監視しておけるなら安心でしょう」

舞香が三人に微笑みかけた。

「うん、まあ……」

「みんな一緒ならいいかな」

「安全かもね」

三人は戸惑いつつも同意し、全員がロビーで寝ることが決まった。

それぞれ寝る支度を済ませ、各自部屋からダウンケットを持ってロビーに集まって来る。思い思いにソファに寝転がった。

あちこちからかすかな寝息が聞こえてくる中で、わたしはずっと事件のことを考えていた。寝そべりながら、ノートにそれぞれの言動を書いて整理していく。昨夜書きこんでいた創作ノートの続きのページを使っているので、思いつくままに書き流しながら、ついこれらの出来事が小説だったなら、と空想してしまう。不謹慎だと自分をいましめつつも、空想が湧いてくるのは作家の性だろう。さすがに良くないと思い、意識を現実に引き戻す。

まりあは狙われたのだろうか。

わたしの見立ては間違っていたのだろうか。

動機は何なのか――

「美咲さん、美咲さん！」

突然、体を揺さぶられた。いつの間にか眠ってしまっていたらしい。目を開けると、姫羅の緊迫した顔が目の前にある。外を見ると、まだ暗かった。

「大変だよ、まりあさんが、まりあさんが――」

姫羅の顔は色を失い、涙を流していた。ただ事ではないと察して急いで体を起こしたわたしに、姫羅は信じがたいことを告げた。

――まりあさんの部屋が、燃えてる。

＊＊＊＊＊＊

一人目を救命ボートへ移動させた後、救助隊員が再びボートへと戻ろうとすると、ぎゅっと袖口を摑まれた。

「もう一人は怪我をしています。手術して日数もあまりたっていないので、どうか気をつけてください」

「わかりました。とりあえず見てきます。あなたはとにかく休むことだけを考えてくださいね」

隊員は安心させるように、優しく言い聞かせると再びボートへと戻った。

キャビンの中へ入ると、確かにもう一人、簡易ソファに仰向けに寝かされていた。毛布が何枚かかけてあり、かすかに胸が上下しているのがわかる。よかった、息がある。毛布はキャビンの中だったので湿ってはおらず、体温は下がっていなかった。

「救助に来ました。もう一人の方も無事です。大丈夫ですか？」

声をかけると、そうっと目が開いた。

「起き上がれますか？」

ゆっくりと頷いたので、背中に腕を差し込んで抱き起こしてやる。救命胴衣を着けたあと、毛布を肩からかけ直して全身をくるみ、肩を貸して立たせた。

「歩けますか?」

ふたたびゆっくりと頷き、一歩を踏み出す。ふらついていたが、かろうじて歩くことはできた。キャビンから出て、救命ボートへ移動させる。先に乗っていた女性が、「よかった」と泣きながら、二人目を抱き寄せた。二人目はすぐにストレッチャーに横たえられる。

女性が背負っていたバックパックの中を検《あらた》めた後、二人の全身をハンドタイプの金属探知機で触れる。問題ないと判断され、医務室へ移動することになった。移動する間、彼女はずっとストレッチャーに寝たままの二人目の手を離さなかった。

医務室に着くと、女性は相手の手を握ったまま、ストレッチャーのかたわらに座った。何度も手をさすりながら、じっと青白い寝顔を見守っている。

「どうぞ」

隊員が温かいスープを差し出すと、女性は名残惜しそうに相手の手を離し、マグカップを受け取った。寒さで指がこわばっているのか、ぎこちのない動きだった。しかしカップに触れた途端、温かさにほっとしたのか頰を緩ませ、そして涙ぐんだ。おずおずとひと口すると、うっすらと彼女の顔に血の気が戻ってくる。本当によかった、と隊員は胸をなでおろす。

「救助信号を送って下さった方ですね?」

隊員が確認すると、女性が頷いた。

「これはインドの船です。あなたたちが漂っていたのは公海、つまりどの国の領域にも属さない場所でした。我々の船が救助信号をキャッチしたので、お二人を引き揚げました。大変失礼ですが、パスポートなど身分証はお持ちですか」

驚いたことに、ちゃんとパスポートを持っていた。一人目の女性がバックパックから二人分を取り出し、こちらに渡す。

「ボートで避難する時に持ってきたんです。絶対に必要になると思って」

女性が硬い表情のまま言った。いったいどこから避難してきたと言うのだろう。レジャーボートで流されたのではないのか？　いぶかしげに思いながら、パスポートを開いた。

ＪＡＰＡＮと印字された濃紺のパスポート。開くと漢字のサインがあった。日本人的なアクセントのない、完璧《かんぺき》な英語を話しているのでてっきり英語圏の人間だと思っていたが、二人とも日本国籍だ。

どうやら海賊でも不法移民でもないらしい。日本のパスポートは世界で最も信用されている。が、もちろん油断はできない。

「どういった状況で遭難なさったのか、お聞きしてもよろしいでしょうか」

まだ寒さで口元がこわばっているのか、女性は少し話しにくそうに語り始めた。

「わたしたちはモルディブから数時間のところにあるリゾートアイランドで過ごしていました。

正確な場所はわかりません。ビューティーコンテストの一環として、ビューティーキャンプが行われていたのです」

「ちょっと待ってください。ビューティーキャンプとは？」

隊員の質問に、女性が説明してくれた。

「なるほど。続けてください」

「わたしたち以外に、六名が島にいました。けれど恐ろしいことに、一人、また一人と殺され始めたのです」

「まさか、そんな――」

「本当です。みんな殺されてしまいました。そしてわたしたち二人だけが、やっとの思いで逃げてきたのです。さきほど一人は怪我人だと言いましたが、襲われて負った傷です。わたしが処置しました。本来であればもう少し安静に休ませてやりたかったですが、薬が足りなくなってきたので思い切って船で出発したのです。衛星電話で助けを呼べれば一番よかったのですが、犯人によって壊されてしまいました。一か八かで海で助けていただけることに賭《か》けたのです」

あまりのことに、隊員は啞然《あぜん》として言葉が出なかった。この女性が言っていることは、真実なのだろうか？　いやしかし、真実でないとすれば、なぜ公海で遭難していたのか。隊員は、あらためて女性の顔を見る。救助信号を受信してから発見まで二時間弱。確かに、荒い海と気温の低さだけでは、ここまで憔悴《しょうすい》しないだろう。本当に恐ろしい体験を乗り越えてきたのかもしれない。

我に返ると無線で事務所に連絡し、指示を仰いだ。隊員は頷いた後、無線を切った。

「これからその島を探すそうです。その間、こちらで事情をお聞きすることになりました」

女性が、こっくりと頷いた。

「まずはお二人のパスポートをお預かりし、照会させていただきます。よろしいでしょうか」

どうぞ、と女性が言った。

隊員はパスポートを持って立ち上がり、医務室をあとにした。ドアを閉める寸前、女性がふたたびベッドの方を覗き込み、生きていることに安心したかのように柔らかく微笑むのが見えた。

第三章

二階へ上がると、廊下には炎はなく、一見すると優美なたたずまいであるように見えた。けれどもこげくさいにおいが立ち込めており、何かが割れたり、破裂したりする音が聞こえてくる。

「美咲さん、こっち！」

姫羅が自分の部屋へとわたしを引っ張る。急いでバルコニーに出て、まりあの部屋を覗《のぞ》き込んだ。ガラス越しに、黒い煙が渦巻いているのが見える。ソファ、キャビネットが燃えている。わたしのすぐ後を追いかけてきた舞香が、ひらりと隣のバルコニーに飛び移った。

「舞香、危ないわよ！」

「だってまりあが中にいるのよ！」

置きっぱなしになっていた火かき棒を手に取り、ガラス窓を叩《たた》く。しかしやはり、びくともしなかった。

「どうしたの！」

騒ぎを聞きつけて、他の女性たちも息せき切ってやってきた。そしてまりあの部屋の異状を目にし、悲鳴を上げる。

「スプリンクラーは？　どうして作動しないの」

エレナが緊迫した口調で言った。

「あるの？」

「わたしの部屋にはあったもの。ここにもあるはず」

「どうしたらいい？　普通は自動じゃないの？」

「温度を感知するセンサーが壊れているのかもしれないわ。手動でできるか見てくる」

エレナがバルコニーから屋内へ走って行った。そしてなんとか舞香を説き伏せ、こちら側に戻ってもらい、引きずるようにして建物の外に出た。エレナにも大声で避難することを伝え、庭から二階の様子を見守る。

ジリリリリリリ――

早朝の薄暗い空間に、けたたましいベルが鳴り響いた。これでスプリンクラーが作動するだろう。これ以上火災が大きくはならないという安心感に、わたしたちはその場にへたりこみそうになった。

「念のため、二階を見てきたわ。消火は進んでるみたい」

エレナが走って庭に出てきて教えてくれた。わたしたちは「よかった」と安堵《あんど》の微笑みを浮かべかけたが、すぐに頬をこわばらせる。たとえ完全に鎮火しても、なにも「よく」はない。万が一、まりあに息があったとしても、この炎では助かる可能性は皆無だからだ。

しばらく待ってから、ロビーにあった消火器を持って、みんなで二階に様子を見に行くことにした。姫羅の部屋でもスプリンクラーが回っている。警報が鳴ったということは、廊下にあった非常ベルを押し、それで二階全体のスプリンクラーが作動したのだろう。完全に消火されているか不安だったので、スプリンクラーは回したままで室内を確認することにした。

わたしと舞香とエレナで、まりあの部屋のバルコニーに移動する。火は消えたようだが、黒い煙が充満していて室内は確認できない。

「まりあ……そんな……」

舞香が泣きながら、再び火かき棒を手に取り、ガラスに開きかけた穴に突き刺す。今さら助けても遅い——とは誰も言い出せなかった。ただ必死な舞香を、遠巻きに眺めていた。

高熱に長い時間さらされたせいだろうか、舞香が打ち付ける度に少しずつひびが広がり、ぼろりとガラスが崩れた。頑張れば片手くらいは入りそうな大きさである。わずかに黒煙が流れ出てきた。舞香は躊躇《ちゅうちょ》なく、右手を突っ込もうとした。

「危ない！」

すかさずエレナがその手を摑《つか》む。

「ガラスで怪我をするじゃない。せめてこれを巻いて」

自分の着ていた薄手の羽織りものを脱ぎ、舞香の手首から先をくるんだ。

「ありがとう」

「それから窓を開ける時は少しずつね。もう大丈夫だと思うけど、バックドラフトが起こる可能性もあるから」

「わかったわ」

舞香は穴から手を入れ、鍵《かぎ》を外した。

「まりあ！」

掃き出し窓をゆっくりと開ける。煙と熱気がバルコニーへと一気に流れ出してきた。焦げ臭さのなかに、独特で強烈なにおいが混じっている。舞香は反射的に羽織りもので鼻と口を押さえると、慌てて窓を閉めた。

「なんなの、このにおい……」

「ご遺体があるんだもの、仕方がないわ」

「――遺体？」

エレナは当たり前のことを言っただけなのに、なぜだか舞香は眉根《まゆ》を寄せ、急にきょろきょろし始めた。まりあの部屋を覗いた後、何かを探すかのように這《は》いつくばって、バルコニーのテーブルやチェアの下を調べ始める。

「どうしたの、舞香」

エレナが不安そうに聞く。舞香の行動は、わたしたちを不安にさせた。ショックでおかしくなってしまったのではないだろうか。

まりあの部屋のバルコニーをひと通り確かめると、姫羅の部屋のバルコニーに戻った。そしてそこでも、同じようにテーブルやチェアを調べている。不審なものでも見つけたのだろうか。

「何をしてるの」

ユアンも不安な表情で尋ねる。

「……やだ、まさか、ないの？」

「ねえ、お願い舞香。教えて。なにがないの？　なにを探してるの？」

しかし舞香はそれには答えず、屋内の廊下へ出た。わたしたちは混乱しながらも、心配してあとに続く。水の降り注ぐ中、舞香は廊下の壁や照明、階段をのぼってすぐのところにあるソファスペースなどをひと通り調べている。

「ない」舞香が低い声で呟《つぶや》いた。「やっぱりない」

舞香はソファに、力なく座った。両足はだらしなく開いている。

「……本物だったのね」

「え？」

「さっきの、本物の死体ね!?　まりあは死んだのね。じゃあ火災も本当？　だったらクリスが襲われたのも現実ってことじゃない」

両手で頭を掻《か》きむしる。艶《つや》やかな髪が、ぐしゃぐしゃになった。

「舞香さん……どうしたの？」

姫羅がこわごわと声をかける。

「だから、カメラ。カメラがないって言ってるの！」

「え？　カ、カメラ？」

わたしは戸惑いながらも、思い至る。

「ああ、わたしがさっき使ってた、現場写真を撮ってたスマホならあるわよ。まりあの部屋も撮りたいの？」

「はあ？」

舞香がぎろりとわたしを睨《にら》む。

「そうじゃないわ。隠しカメラよ」

「隠しカメラ？　どこに？」

「だから！　それがないから問題なんでしょう！」

再び舞香が吠《ほ》える。わたしたちは舞香の豹変《ひょうへん》ぶりに、ただ戸惑っていた。

「ああもう……クリスへの襲撃がマジってことは、コンテストも中止ってことじゃない。全部が最悪」

「……舞香は、ミスター・クリスへの襲撃を本物だと思ってなかったってこと？」

ユアンが首をかしげると、舞香が不機嫌そうに答える。

「思わないでしょ、普通」

「もしかして……まりあのことも？」

「当たり前でしょ。どうしてビューティーキャンプで人が襲われたり、殺されたり、燃やされたりするのよ！」

ようやく話が見えてきた。

舞香は、クリスがトロフィーで殴られていたことも、まりあが部屋で倒れていたことも、事実だと受け取っていなかったのだ。

「だったらいったいなんだと思ってたの？」

「審査よ。ファイナル審査の一環。隠しカメラで一部始終を見ていて、非常事態でも冷静に、そして協力的に、人道的に対処できるか、貢献できるかどうかを判断してるんだと思ってたのよ。ああもう、なんなの。頑張り損じゃない」

舞香は憤然とした足取りで自室へ戻る。濡《ぬ》れたカーペットを踏みしめるびちゃびちゃという足音がした後、

「スプリンクラー、うっとうしいわね。いい加減、止めたら？」と言いながら小さな箱を片手に戻ってきた。エレナが「もう完全に消火できているわよね。止めてくる」とその場を離れる。

「キャビネットの中は無事だった。これが濡れてたら最悪だったわ」

舞香が手のひらサイズの金属の箱を開けると、たばこが入っていた。しゃれたシガレットケースだ。舞香は一本を取り出して口にくわえ、ライターで火をつける。気を落ち着かせようとしているのか、何度か浅く吸っては吐くを繰り返した。

これが本当に、あの舞香なのだろうか？　あんなに明るく、前向きで、人を思いやり、信じ、励ましてきた、ミスコンのタイトルホルダーなのだろうか。

そういえばクリスが襲撃されてからも、常にヘアメイクも服装も、きちんとしていた。舞香はずっと誰かに見られていると思っていたのだ。審査されていることを意識していたのだ。

「ということは、京子が出した料理、やばかったわね。死ななかったからよかったようなものの、食べるなんて危険だったわ」

「そんな。わたしのこと……信じてくれてたんちゃうん？」

「ばかねえ、どう考えても、あんたが犯人でしょ」

「だ、だ、だけど、もしわたしが犯人やったら、悲鳴なんてあげずに現場からすぐに逃げてたはずやって美咲が――」

「襲ったあと、腰が抜けて逃げられなかっただけかもしれないじゃない。絶対にあんたよ。平気で一人や二人、殺《や》りそうな顔してるし。きれいだけど、なんだか底意地悪そうなのよね」

「ひどい……」

京子がめそめそと泣き出した。

「みんなに疑われて、ほんまにショックやった。でもその中で舞香だけが信じてくれて、救われた。それやのに、全部嘘やったん？」

京子が泣いても、舞香は白けた表情でたばこを吸い続けていた。

「やめなさいよ」

エレナはつかつかと舞香の前に行くとたばこを取り上げ、コーヒーテーブルの上にあったガラスの飾り皿に押しつけて消した。

「火事があったばかりなのに、火を使うなんて無神経だわ。舞香の行動が、カメラや審査を意識しての演技だったってことはよくわかったし、責めはしない。京子を疑う気持ちがあるのも仕方がない。だけどみんなの雰囲気を悪くするような言動はやめなさいよ」

「は？　エレナには関係ないでしょ。わたしのなにが悪いのよ」

「悪くはない。だけど態度をあらためてって言ってるの。大人として、最低限のマナーを守ってよ。いくら疑っていても、京子にそんな態度を取らないで。そしてこのヴィラは禁煙ってロビーにプレートが貼ってあったでしょ。不愉快だわ」

「知らないわよ。どうせここだって煙くさいんだからいいじゃない。それにあんた何様？　医者だからって、なんの権利があって、偉そうに邪魔すんの。そもそも、このミスコンの応募資格に喫煙者はダメ、だなんて書いてあった？　ないわよね。喫煙者だってエントリーする資格あるわ」

「だけど、審査員の前では吸わないでしょ?」

「当たり前でしょ。印象が悪くなる」

「つまりネガティブなことだと、自分でもわかってるんじゃない。だからこそ、カメラが回っていないと知るまでは、この島に来てからも控えてたんでしょ」

「まあ、そりゃあね。ミスコンでは喫煙者はご法度、っていうのは暗黙の了解よ。でももう、この島では関係ないじゃない。ああ、でも本土に戻ってから口外はしないでよね。わたし、禁煙キャンペーンのイメージガールだから。笑っちゃうわよね」

「呆《あき》れた。こんな人だとは思わなかったわ。貧困問題に取り組んだり、高い意識を持った女性だと思っていたのに」

エレナの言葉に、舞香が吹き出した。

「どこか知らない国で子供が飢えようが死のうが、どうだっていいわ! 活動なんて建前に決まってるじゃない。貧困問題に取り組みたいからミスコンを目指した……なんて逆よ、逆。ミスコンで優勝したいから、あとづけで受けのよさそうな問題を選んだだけ。実際の活動も、たまに顔を出してる程度よ」

「信じられない。どうしてそこまでするの?」

おかしそうに笑う舞香に眉をひそめつつ、ユアンが聞いた。

「どうして? ミューズになりたいからに決まってるじゃない! タイトルを獲《と》った時の快感

を、あんたたちは知らないでしょう。照明を落としたステージの上、わたしだけにまばゆいスポットライトが当たって、名前が呼ばれるの。ファンファーレが鳴り響いて、割れるような拍手が起こる。そんな中、厳かに王冠を授けられるのよ」

　舞香は一瞬、うっとりとした目をする。

「だからこそ、かつて日本五大ビューティーコンテストの一つだったミューズ・オブ・ジャパンのタイトルは絶対に獲りたかった。でもこんな事態になったから、きっともう復活はありえないわよね。だったら切り替えが大事。もうこのミスコンは捨てて、別の新しいのにエントリーするわ」

「何を言ってんの⁉　あたしたちが向こうに戻ったら、舞香さんのこと暴露してやりますよ。この先、ミスコンになんて出られないからね‼」

　姫羅の剣幕にひるむと思いきや、舞香は声を立てて笑った。

「ばかねえ。あなたたちって、ミスコンをわかってない！　ミスコンに必要なのは、ストーリーなのよ」

　舞香以外のみんなが、いぶかし気に顔を見合わせる。

「いい？　わたしたちが日本に戻ったら、悲劇を生き抜いたヒロインになるのよ？　注目度は半端ないわ。わたしがエントリーすれば、みんな一目置くでしょうね。そしてスピーチで、今回の経験を涙ながらに語るの。緊急時に信頼関係が破綻《はたん》した中で、どのように強く生き延びたかを。あんたたちがわたしのことを悪く言ったところで、これまでの実績の違いで信用されるのはわたし。むしろ信頼関係が破綻していた証拠になるわ。わたしへの注目度が高まるだけよ」

全員が唖然《あぜん》とする前で、舞香はもう一本たばこを取り出すと火をつけ、うまそうに煙を吸い込んだ。

「それにしても、あんたたちって、おめでたいわね。わかってるの？　ミスター・クリスを殺そうとして、さらにまりあを殺した犯人は、この中にいるってことよ？　戸締りしたんだし、誰も入ってこられなかったんだから。そもそもわたしは最初から、外部犯がいるなんて思ってないし」

「戸締りする前から侵入してたのかもしれないじゃない」

エレナが言った。

「じゃあ、この長時間、いったいどこに潜んでるの？　食事は？　トイレは？　数時間ならともかく、こんなに長い間は無理よ。そもそも、どうやってまりあを殺したの？　姫羅も言ってたでしょ。飲み物になにかを仕込むとしたら、外部の人間には無理。となると、わたしたちの誰かがやったんだろうって。その通りよ。どうやって見知らぬ人が、わたしたちに気づかれずにそんなことができるの。不可能よ。ねえ、美咲もそう思うでしょ？」

外部犯ではなくこの中の誰かが犯人である可能性が高いということは、わたしの頭にもよぎっていたことだ。だけどバランスを失いかけている輪の中で、とても口にできない。何も答えないでいると、舞香は馬鹿にしたように鼻で笑い、続けた。

「この中の誰かに飲み物を手渡されたから、まりあは疑いもせず飲んだに決まってる。まあ、〝誰か〟っていうのは、きっと京子なんだろうけど」

「だから、わたしはそんなこと……」

「この女、気をつけた方がいいわよ。あんたさ、本当はそこまで料理なんてできないんでしょ？」

京子の顔色が一瞬で変わった。

「な、なにを言うてるん？」

「親のレストランだから、色んな人が代わりにやってくれるのよね。知ってるんだから」

「そんなこと、あるはずないやん。朝食、作ったやんか。パンまで焼いてあげたし」

「せいぜい、その程度でしょ？　京子がプロデュースしたことになってるおしゃれで凝った料理は、自分で考案もしてないし作れもしないのよね」

「作れるに決まってるやん。じゃあ今日のお昼、難しいメニューにするわ」

「本当？　あんたのレストランが売り出してるレトルト食品じゃなくて？　ああ、パン生地の缶詰もあるらしいね。くるみパンが評判とか。あれ？　昨日ってくるみパンだったたっけ」

「しょうもないこと言わんといて」

「そう？　だったら、今すぐ目の前で料理してみせてよ」

憤慨しながらも、てっきり厨房《ちゅうぼう》に向かうのかと思った。が、京子は真っ青な顔をしたまま黙り込んでいる。

「まさか……本当なの？」

ユアンが恐る恐る尋ねる。京子は唇をかんでうつむいた。

「笑っちゃうわよね。昨日、みんなで軽食を作ることになった時、とても作る気分じゃないからって言い訳して作らなかった。うまいなあって感心したわよ。特別なリクエストをされたら対応できないもんね」

「だけど知ってたんだったら、なんでこれまで言わなかったわけ？」

まだ半信半疑な表情で、姫羅が聞いた。

「だってそういう演出なのかなって思ってたから。心の広さを試されてるかもしれないでしょ」

「京子さん、マジなんですか？」

京子は否定しない。というよりできないのだろう。ずっとうつむいたままだった。

「へえ、マジなんだ。びっくり」単純な驚きというより、姫羅の声には軽蔑《けいべつ》したような響きが宿った。「あ、ていうか、もしかして、それがバレそうになったからミスター・クリスを殺そうとしたとか？」

「……それはほんまにわたしじゃないから」

京子が首を横に振ったが、これまでの京女らしい芯《しん》の強さは消え、弱々しかった。

「姫羅も人のこと言えないのよ」

舞香が鼻で笑った。

「は？」

「あんた、枕営業してるでしょ」

「わけわかんねーし」

姫羅が受け流す。が、声が上ずっていた。

「まあ別にいいけど。京子の場合と違って、ここでは証明できないしね」

舞香は余裕の微笑みを見せる。

「ってか、なんで人のことをいろいろ知ってるわけ。いや、別に枕営業を認めたわけじゃないけどさ」

「当然でしょ。ファイナリストが決定してすぐ、情報収集したのよ」

「まさか。決定から島に来るまで、短時間じゃん」

「だてにあちこちのミスコンに顔を出してるわけじゃないわ。いろいろな伝手《つて》があるの。チャリティイベントに参加してる間に、できる限りの情報を集めてもらった。勝つには、相手のことをできるだけ知らないとね。まりあはステルスマーケティングに手を出してるみたいだし、ユアンの会社は世間が思うほどうまくいってないみたいね。今は電話もインターネットも繋《つな》がらないから情報を得られてないけど、美咲やエレナの都合の悪い話も見つかってるかもしれない。わたしを敵に回さない方がいいわよ」

京子と姫羅は、愉快そうに笑う舞香をにらみつけている。わたしも、探られたことに良い気持ちはしなかった。初日に、わたしのことを作家だとまりあに続いて気がついてくれたようだったが、本当は調べたからわかっていたのだろう。

「とにかく今言ったことを総合すると、犯人は京子しかいないでしょうね。わたし、食料を持って部屋にこもることにするわ。審査じゃないならあんたたちと喋《しゃべ》るのも無駄だし、そもそも本当の連続殺人事件が——ああ、クリスはまだ死んでないけど——起こってて、犯人の目星もついてるのに、疑ってない振りをして一緒に過ごすなんてバカみたいだから」

舞香はそう言って立ち上がると、なぜか自室から空のスーツケースを持ち出し、階段を下りていった。混乱しながらわたしたちもついていくと、舞香は厨房に入ってパントリーを開け、大量の缶詰をスーツケースに放り込んでいく。

「何も細工できないものとなると、缶詰しかないからね」

食品だけでなく、缶ビールや缶に入ったワインなど酒類もぱんぱんに詰め込むと、

「じゃあね。ああ、ちゃんと迎えが来たら知らせてよ」

とだけ言って、重いスーツケースを引きあげながら二階に戻って行った。

「さっき舞香さんが言ってたこと、事実無根だからね」

舞香がいなくなった途端、姫羅が口を開いた。

「あたしみたいなタレントの卵には、そういう噂がついて回っちゃうんだよね。足の引っ張り合いをする業界だからさ」

「でも……どうとでも言えるよね。ここでは調べようがないし」

ユアンが言った。冷静というよりは、冷たく、突き放したトーンだ。

「いや、ほんと、違うから」

姫羅は必死だが、この場の誰も、彼女の言葉を鵜呑《うの》みにはしないだろう。空気はひりついている。

「それにしても、舞香が、あんなにむちゃくちゃな子だったとはね」ユアンがため息をついた。

「だけど正しいことも言ってた――犯人は、わたしたちのうちの誰かだって」

「待って、この時点で断言なんてできないよ。ね？」

わたしは慎重に言葉を選びつつ、同意を求めたくてエレナを見る。エレナは外部犯だと思うと言っていたが、今はどう考えているのだろう。わたしの視線に気がついたのか、エレナが言った。

「そうね。わたしはやっぱり外部の人間だと思ってる」

「えー、だったらどうやってまりあさんに何かを飲ませたんですか」

姫羅が鼻を鳴らす。

「そもそも、飲ませたかどうかもわからないでしょう」

「だったらなおさら混乱するよ。密室殺人ってことになっちゃうじゃん。それに、窓越しに見ただけだけど血は流れてないみたいだったし、飲み物のグラスに入れたとしか思えない。となると、あたしらの誰かしか、そんなことできないんだから」

「姫羅の言う通りよ。グラスじゃなくて、食べ物だったかもしれない。だけど、それがなんであれ、近しい人にしかできっこないと思わない？」

ユアンは言いながら、ちらりと京子を見た。が、京子は逆に胸を張る。

「そういえば、まりあに関しては、わたしは容疑から外れるんちゃう？　だってあの時の軽食は、わたし以外のみんなが作ってんで。その後も警戒されてたから、食べ物や飲み物には近づかないでいたんやもん。それ、忘れんといてな。いやあ、ほんまは大して作られへんからごまかしてただけやけど、結果的にはよかったわぁ」

開き直りつつ、京子はふてぶてしくにんまりと笑った。そういえばそうだった、と悔しそうに、ユアンと姫羅が顔を見合わせる。

「それに、わたしだけやなくて、姫羅もあやしいってわかってんからね」

「あやしくねえっつーの」

一触即発の空気になりかけたので、わたしは慌てて割り込んだ。

「ストップ、ストップ。言い合ってもしょうがないでしょ」

「美咲さん、なにをのんきなこと言ってんの？　人殺しかもしれないってことだよ。っていうかさあ……京子さんとあたし以外にも、動機がありそうな人、この中にいるよね——ユアンさん」

　名指しされ、ユアンは目を見開く。

「わたしが、どうして」

「ミスター・クリスと結婚したいって言ってたじゃん。聞こえちゃったよ」

　ユアンの顔が真っ赤になる。

「だったらなに？　素敵な男性だと思ったんだから、いいじゃない」

「そうかなあ。クリスに言い寄って、ふられたんじゃないの？　で、カッとなってトロフィーで殴った、と」

「そんなことしないってば。だったら姫羅だって動機は充分でしょ」

「だから枕営業は噂だって」

「枕営業じゃない。豊胸のことよ」

　姫羅が、ものすごい形相でわたしをにらみつける。

「美咲さん、秘密だって約束したのにバラしたんだ。やっぱり他の女たちと同じなんだね。汚い手を使う」

「わたし、誰にも言ってないよ」

慌てて首を振った。

「ばかねえ姫羅。わたしだって、あんたの話が聞こえちゃったの。料理ができなくても、主催者に色目を使っても、コンテストには参加できる。だけど豊胸は、エントリー資格がないものね。気づかれて、失格だって言われちゃったとか」

「すっげーむかつく。なんなの、この女」

姫羅が吐き捨てる。

「ちょっと待ってよ、落ち着いて」

わたしはふたたびなだめようとする。

「百歩譲って、京子と姫羅とユアンにミスター・クリスを襲う動機があったとしても、まりあに対してはどうなの？」

三人ははっとしたように黙り込んだ。

「そうだった。二人両方を襲う理由があったってことか……」姫羅が頭を抱える。「会ったばかりなのに、殺されるほどまりあさんが恨まれていたとは考えにくいよね」

「内部犯でも外部犯でも、どうしても、わからへんことがあるねん。まりあは昨日の夜の時点で亡くなってた。それなのになんで、わざわざ部屋ごと燃やす必要があったんやろ」

「そう。確かにそれが一番の謎ね。わたしもずっと気になってる」

京子とユアンが、答えを求めるようにわたしを見た。

「一番考えられるのは、ご遺体、または部屋に残してしまった証拠を隠滅したかった可能性かな」

「ああ、なるほど」

姫羅が頷《うなず》きかけ、しかし首をかしげた。

「あれ？　でもおかしいよね。だってどうせ、窓もドアも開かなかったじゃん。部屋に入れなければ、見つかる心配もない」

「舞香の執念がすごかったじゃない。絶対に開けるって。実際、こつこつやればいつかは開いたんじゃないかな」

「確かにそうか。舞香さん、必死だったもんね。ま、その必死さは演技だったんだけどさ」

「じゃあ犯人は、決定的な証拠を残してしまったかもしれないわけね」ユアンが納得する。

「他の理由も考えられる？」

「そういえば、身元を誤解させるっていうのを推理小説で読んだことがあるんやけど」

京子が口を挟むと、ユアンと姫羅が同時に聞いた。

「身元を誤解させる？」

「どういう意味？」

「確かに、あるにはある」わたしは答えた。「焼死体だと誰だか判別不能になるでしょう？　だからAさんのご遺体と思わせて、実はBさんと入れ替わっているとか」

「じゃあ、まりあじゃないってこと？」

「でもそれはこの状況では考えにくい。昨日窓越しに見たし、まりあじゃないとすれば、いったい誰？　ってなるし。わたしたちは全員ここにいるわけだから」

「じゃあ、やっぱり外部犯で、他の死体を持ってきたっていう可能性もあるんかな」

「そうだとしても、まりあは今どこにいるの？　どうしてそんなことするの？　つじつまが合わないよね」

「そっか……浅い知識で、変なこと言うてごめん」

「ううん、みんなで意見を出し合うのは大事だから。とっても助かるよ」

わたしは京子をフォローする。さっきは互いに糾弾しあっていたが、こうして共通の謎に意識をそらすことができてよかった、と思いつつ続ける。

「とりあえず、理屈が通るのは、やっぱり証拠隠滅だと思う。犯人の血液、体液、持ち物、凶器……いろいろあるよね。あとはまりあの体に、犯人である自分にたどり着くような傷を残してしまったとか。確実なのは、意味なく燃やしたわけじゃないということ。必ず目的があったはず」

全員、そこに異論はないようだった。

「ただ、そのうえで誰がやったか、となると、見当もつかないのよね。だからそれよりは、『誰に可能だったか』を検証する方がいいかもしれない」

「誰に可能やったかって……どうやって検証するん？」

「やっぱり現場をこの目で確認するしかない……かな」

自分で言っておきながら、あの部屋を思い出して気持ちが沈んだ。とてもではないが、入る勇気はない。だけどこの顔ぶれの中では、わたししか行く者はいないだろう。それに現場を検証しなければ、先には進めないのだ。

「美咲、わたしも一緒に行くから」

エレナが申し出てくれた。

「災害の現場に立ち会ったこともあるの。ご遺体も確認しておきたいから」

「ありがとう。助かる」

わたしとエレナが厨房を出ようとすると、「ちょっと待って」とユアンが止めた。

「本当はいやだけど……わたしも一緒に行く。今は誰も信用できない。証拠を隠滅する可能性もあるじゃない」

「確かにそうかも……」

「気は進まへんけど、仕方ないわ」

姫羅と京子も続く。

「じゃあ、全員で行こう。確かにその方がいいね」わたしは頷いた。「それなら、先にバンケットルームの掃除をしない？　ハエがたかっていたから気になってたの。本当は警察が来るまで保存しようと思っていたけれど、不衛生だし、片付けた方がいいかなって。全員ですれば、それこそ証拠隠滅の恐れもないでしょ」

姫羅と京子とユアンは少し逡巡《しゅんじゅん》したが、最終的に同意した。

廊下の収納からマスクや手袋、雑巾《ぞうきん》、モップ、バケツ、洗剤と消毒液を取り出し、バンケットルームを開けた。

いやなにおいが立ち込めていた。すでに血痕《けっこん》は乾いて変色しているが、それはそれで生々しい。

それぞれマスクとビニール手袋を装着したものの手を出せない中で、エレナだけは慣れた手つきでフロアの血痕を濡らしたモップで拭《ふ》きとり始めた。エレナが粛々と作業していくので、わたしも勇気を出してフロアを拭き始めた。姫羅とユアンも続き、京子は落ちたままになっていた包丁を拾ってケースにしまっていく。

ハエの数は増えていた。血痕がきれいになって消毒作業に入っても、まだまだ飛んでいる。

「楽園にも、ハエは飛んでるのね」

わたしが言うと、エレナが少し笑った。

「当たり前でしょ。蚊だって、蛾やダニだっているわ。どんなに美しくても、そこに人間がいる限り、害虫も湧くしゴミも出る。完璧《かんぺき》な楽園なんてないのよ」

「殺人だって起こるしね」

ユアンが皮肉っぽく言ったが、彼女のブラックジョークに反応する者はいなかった。

全員で作業したので思いのほか早くきれいになった。清掃を終えて掃除用具を片付ける。

「次はいよいよ——まりあの部屋ね」

ユアンが階段を見上げる。わたしたちは無言で、足取りも重く二階へ上がっていった。

姫羅の部屋を経由して、まりあの部屋のバルコニーに来た。窓ガラスにあいた手のひら大の穴からは、焦げ臭さと生臭さが漂っている。

「やっぱり、あたし、無理」姫羅がおじけづいた。「ここで待ってる」

「わたしも、よう入らん」

「バルコニーから見てれば、美咲とエレナがおかしなことをしたら、わかるし。ここから見張ってる」

京子とユアンも続いた。

「ご自由に。美咲、行きましょ」

エレナがやれやれといったように首を振ると、掃き出し窓を再び開けた。いまだ熱気をともなった臭気が、一気に襲いかかって来た。わたしはタオルで口を押さえながら、思い切って足を踏み入れる。割れたガラスの破片が、靴の下で音を立てた。

四方八方が真っ黒だが、もしカーペットや壁紙が防炎仕様でなかったら、もっとひどく燃えていただろう。キャビネット、ベッドやサイドテーブルなどの家具は真っ黒になっているものの、特定は容易だった。キャビネットの上に、燃え残った鍵がふたつ灰にまみれている。ひとつはメートルDから渡されたもの、もうひとつはヴィラのロゴの入った金属プレート付きのスペアキーだ。警戒して、鍵をふたつ持って閉じこもっていたのだろう。これを置いた時はまだまりあが生きていたのだと思うと、胸がしめつけられた。木製の扉が焼け落ちたクローゼットの中にはきっとドレスなどがあったに違いないが、今は跡形もない。黒焦げになったスーツケースだけがいくつも転がっているだけだった。

ベッドのそばに炭化した遺体があり、エレナはそのかたわらにしゃがんでいる。わたしはさすがに直視できず、部屋だけを見回した。バスルームも見事に燃えており、鏡やタイルの破片が飛び散っている。が、ベッドルームほどではなかった。となると、火元はバスルームではないのだろう。

わたしは再びベッドルームに戻ると、さらに注意深く見てみた。すると、他の場所よりも、ドア付近のカーペットがいちだんと激しく焼損していた。

「ここから燃え始めたんじゃないかな」

わたしが言うと、エレナがそばにやって来た。

「こんなところから？　どうしてかしら」

「ドアの下って、少し隙間があるよね。あれって、空気を循環させるためだって聞いたことがある。この隙間から、犯人はなんらかの方法で火をつけたんだよ」

「だけどドアの下からどうやって？　火のついた紙とかを滑り込ませたってこと？」

「ありえるね。ただ、それくらいじゃここまで燃え広がらない。防炎カーペットだろうし、焦げる程度かも。だからカーペットに油をしみ込ませたとか」

「なるほど。油ならキッチンにたくさんあるわ」

「だけどもっと燃やすには――あくまでもわたしの想像なんだけど、ガスとか、そういうもので一気に火力を強めたんだと思う」

「ガス？　カセット式の？　それもキッチンにあったかしら」

「探せばあるかもしれない。だけどカセット式だと、コンロにセットしないとガスは漏れないようになってるはず。だからヘアスタイリング剤とか殺虫剤とか、スプレー缶を使ったんじゃないかな。特に殺虫剤スプレーならノズルが細くて長いから、ドアの下から差し込めるよね」

「そういえば掃除用具のあった物置に、殺虫剤のストックがあったわ。ヴィラの中を探索した時に見つけて、利用しようと思いついたのかも」

「ドアの下の隙間から、部屋のカーペットに油をある程度しみ込ませたうえで、火のついた紙や布を滑り込ませる。そこにスプレー缶を噴射すれば、火が布や家具に燃え移って、どんどん大きくなったんじゃないかな」

「なるほどね」

エレナはしゃがみこみ、溶けたカーペットの下から露出した、黒く焦げた床を観察していた。

「ただ……その方法だと、誰でもできることになるわね」

「そうなの。ここにいる全員が、油もスプレー缶も入手できるし、この廊下にも来られる。犯人を絞る決め手にはならないわね。一番大きな謎は、どうして燃やしたのか、なのよね。殺したかったのなら、すでに成功している。息の根を止めたうえで、なぜわざわざ火をつける必要があったのか――」

「そうね。ご遺体を確認してみた限りでは――もちろん正式な検視じゃないから詳細はわからないけれど、口腔《こうくう》内に煤《すす》は付着していなかった。つまり火災の前に亡くなっていたことは間違いない。そして昨日窓の外から見たのと、今確認した限りでは刺し傷など外傷もなさそうだった。やっぱり想像通り、飲み物かなにかに細工されて殺されたんだと思う。

ねえ、今ふと思いついたんだけど、自殺という線は考えられないかしら。もしかしてミスター・クリスを殺害しようとしたのはまりあだったのかも。あんなことになって後から恐ろしくなったとか」

「もちろんまりあが自殺した可能性はゼロではない。だけどそれとは別に、明確な意図を持って部屋に火をつけた人が、確実に存在するのよ」

「ああもう、結局そこなのよね……いったいどういうことなのかしら」

放火方法が推測できたこと、また火災前に亡くなっていたであろうことがわかったのは大きな収穫だったが、人物を特定するまでには至らなかった。すっきりとしないものを抱えつつ、わたしたちは京子たちの待つバルコニーに戻った。

「どう？　何かわかった？」

京子が聞いた。

「放火方法の推測はできた。まず——」

「ちょっと待って。とりあえずここから離れたい。厨房に戻ろ」

姫羅が慌ててわたしを遮り、我先にとバルコニーから移動する。みんな呆れながらも、あとに続いた。


一階へ下りたところで、エレナが言った。

「ミスター・クリスの点滴を替える時間だわ。みんな一緒に来る？」

まりあの部屋を離れた途端、強気を取り戻したのか、「当たり前じゃん」と姫羅が答える。エレナを先頭に、廊下突き当たりのスタッフルームへ向かった。

「容態はどう？」

歩きながら、京子が尋ねる。

「夜中にも何度か見に行ったけど、相変わらずという感じね。悪くなってはいないけど、意識は戻らないまま」

エレナが首から掛けた鍵でドアを開けた。

「そういえば、鍵はどこで見つけたの？」

「スタッフルームのテーブルに置いてあった。この二週間はわたしたちしかいないから、無防備なのかもね」

引き戸を開けると二十畳ほどの部屋で、丸テーブルや椅子が端に寄せられ、簡易コンロやシンク、冷蔵庫もあった。ミスター・クリスのベッドは、ブラインドの下ろされた窓際近くに設置されている。点滴スタンドにいくつか点滴袋がぶらさがっていて、管がクリスの掛布団の中まで延びている。頭部には包帯、そしてネット状の包帯もつけられていた。顔は青白くやつれているが、端整であることに変わりはなかった。

「殺されなくて本当によかったわよね」

エレナがてきぱきと点滴袋を交換する脇で、ユアンがしみじみと彼を見つめる。その視線には熱がこもっているような気がした。コンテストは中止になるとしても、結婚相手になるという手段は残されていることになる。

「看護ってどういうことをするの？」

ユアンの質問に、エレナが答える。

「点滴以外だとガーゼ交換、清拭《せいしき》に排泄《はいせつ》処理、床ずれ防止のためのマッサージや体位変換が主な内容ね。ああ、昨日は無精ひげも剃《そ》ってあげたかな」

「手伝えることがあれば、なんでもするわよ。遠慮なく言ってね。マッサージならできそうだし、体位変換は一人だと大変でしょ？」

「ありがとう。ただ、管とか針があるから、体に触れる手伝いをお願いするのはちょっと怖いかな。掃除くらいなら頼っちゃうかも」

ユアンとエレナがそんな会話をしている間、わたしはそうっと足元の掛布団を持ち上げた。二人が見ていない隙に、素早くわたしにしかわからない印を施すと、急いで布団を元に戻す。

エレナがわたしを見た。

「美咲、何か触った？」

「ううん、ちょっとお布団がずれてる気がして」

とっさにごまかす。エレナは訝《いぶか》るようにじっとわたしを見つめた後、

「不用意に患者には触らないでね」とだけ言った。

それからわたしたちは、ふたたび厨房へと戻った。


「もうこんな時間」

厨房のスツールに座り、疲れ切った表情でユアンが掛け時計を見た。とっくに正午を過ぎている。

「コーヒーでも飲もう。他に飲みたい人、いる？……って、各自淹《い》れた方がいいか」

ユアンがコーヒーの支度を始めると、京子や姫羅もそれぞれ続いた。

「わたし、なにか食べておくわ。冷蔵庫の中に昨日の残りがあったよね」

立ち上がって冷蔵庫を開けたエレナを、京子が止めた。

「口をつけない方がええんとちゃう？　毒が入ってるかもしれないんやから」

京子の皮肉をスルーし、エレナがわたしに聞いた。

「食べないなら、処分したほうがいい？」

「ううん、警察が入った時に証拠として必要かもしれないから、そのままおいておこう」

「わかったわ。じゃあ今食べられるものっていうと……やっぱり缶詰くらいかしらね」

エレナがパントリーから、ステーキや牡蠣《かき》、サバなどの缶詰を持ってきた。プルタブを起こしてステーキの缶を開けた途端、肉のにおいが広がる。姫羅が口を押さえて厨房を飛び出していった。ユアンと京子は、においをかき消すように慌ててコーヒーに口をつけている。普段なら食欲をそそられるのだろうが、わたしにも生臭く感じられた。みんなの様子に気がついたエレナは気を遣ってか、隣のカウンターに移動して食べ始めた。

「よく平気ですね、エレナさん」

青い顔をして姫羅が戻って来る。

「もっとひどいご遺体を扱ったこともあるから。それに、食べられる時に食べておかないと、いざという時、人命救助できないもの」

エレナはフォークを口に運んでは、淡々と咀嚼《そしゃく》し続けた。これも医療のプロとして必要な姿勢だろう。

「……そうやね、これからいつ何が起こるかわからへん。わたしも食べられる時に食べとこう。スープくらいなら喉《のど》を通りそうやわ」

京子もパントリーから缶のスープを取り出し、皿に入れて電子レンジで温め始めた。確かにその通りだと思い、わたしもスープを選ぶ。トマトやビーツなど赤い色をしたものや、ビーフやチキンなど肉の入ったものは胃が受けつけそうになかったので、シンプルなコンソメを選んだ。ユアンと姫羅も、あとに続く。

それぞれが食べられるものを、無言で食べていた。わたしはスープを流し込みながら考える。ユアン、姫羅、エレナ、京子、舞香——この中に、本当に犯人がいるのだろうか。殺人を犯して、素知らぬ顔でいるのだろうか。そうだとしたら、いったい誰が？　誰に、どんな動機がある？

ふと姫羅の言葉を思い出す。もしかしたら本当に、ミスコン優勝よりも結婚に興味があるユアンはミスター・クリスに積極的にアプローチをしたかもしれない。それが不謹慎だと捉《とら》えられ、ミスター・クリスを怒らせたとしたら？

それに、確かに京子や姫羅だってありえる。何らかの理由でマスコミでもてはやされるほど料理ができないことや、豊胸が知られてしまったとしたら？　言い争いに発展して、勢い余ってその場にあったトロフィーで殴った可能性はある。

女には、思いもかけない裏の顔がある。エレナと舞香にも、もしかしたら動機があるのかもしれない——

「さあ、それで？　どうやって放火したか教えてくれる？」

ユアンに促され、わたしはひと通りのことを説明する。聞き終えると、姫羅がため息をついた。

「そっか、方法としては簡単だし、材料も揃うのか。誰でもできたんだね」

「そういえば、火事に最初に気づいたのは姫羅よね？　どういう状況だったの？」

「明け方、お手洗いに起きたんだよね。うっすら焦げたにおいがして、変だなと思ってるうちに二階から音が聞こえて行ってみたら、まりあさんの部屋から煙が出ていて燃えてるのがわかったんだ。それが確か五時前くらいだった」

「それで、すぐにわたしを呼びに来たのね？」

「そう」

「あれだけ燃え広がるには、いったいどれくらいの時間がかかるのかな。まったく見当がつかない。燃えやすいカーペットだったら一気に火の海になったかもしれないけど……」

「姫羅が起きる前に、まりあの部屋の前で火をつけたってことだよね。でもスプレー缶を噴射するにしても火をつけるにしても、ほとんど音なんて出ないもんね。誰にも気づかれずにできたわけか」

「そもそも、その時間じゃみんな寝てるから」

ユアンが残念そうにため息をつくと、エレナが言った。

「そういえば、わたしは一度ミスター・クリスの様子を見に行ったわ。三時半ごろだったかしら。物音ひとつしなかった」

「だとしたら、その後に行動を開始したのかもしれないわね」

わたしの言葉に、エレナが首を横に振る。

「だけど十分後に戻ってきた時、みんなロビーで寝ていたと思う」

「きっとエレナがまた眠るのを確認してから起き出したのよ」

「そうかしら……横になったけど、しばらく頭がさえて眠れなかった。この中の誰かが起きたら気がついたと思うんだけど」

「だから外部の人だって、エレナさんは言いたいわけだね」

「ええ。きれいごとで仲間を信じるって言ってるわけじゃない。単純に事実としてそう思うだけ」

「うーん、ますますわかんないなあ。ぶっちゃけ、美咲さんは？」

この中に犯人がいるとすれば刺激したくない。それに、互いに疑い合うのは得策ではない。

「エレナが気づかなかったのなら、確かにわたしたちの中の誰かとは考えにくいんじゃない？」

当たり障りなく言っておく。もしかしたらエレナも同じ気持ちで「外部の人間だ」と言い続けているのかもしれない。

「ちょっといい？　あのさ、この中では多分わたしが一番疑われてるんやろうけど」

やり取りを黙って聞いていた京子が口を開いた。

「いろいろ考えてたら、舞香が怪しいと思えてきたわ。昨日、姫羅も怪しいって言ってたやん」

「いや、あたしが舞香さんを怪しいと思った理由は、やたらと京子さんをかばったり、仲間仲間とか寒いことを言ってたりしたから。あれが演技だってわかった今、逆に違うんじゃないかなって思ってます」

「だからこそやん。あんな風に、本当の殺人だと思わなかったって騒いでるけど……それこそが演技かもしれないやん」

「あ……」

姫羅が大きく目を見開いた。

「なんとなくさっきの一件で、自然と舞香のことは容疑者から外れてるやろ？　でも、それこそ全部計算のうちかもしれへん。そのうえで、自分以外の五人が疑い合うように仕向けてるんやわ。めっちゃ恐ろしい女やと思わへん？」

「あら、失礼ね」

離れたところから声が飛んできた。驚いて、みんないっせいにそちらを向く。いつの間にかドア付近に舞香が立っていた。

「なんでここにいるん。迎えが来るまで出てけえへんのんとちゃうかったん」

「よくよく考えたら、部屋が安全じゃないって気がついたからよ。まりあの部屋は、鍵がかかっていたのに燃やされたわけだから。気が進まないけど出て来てみたら、今度はわたしを犯人扱い？　さすが京子、やることが汚いわ。自分から疑いの目をそらそうと思って」

「だけどほんまのことやん。舞香やって犯人の可能性あるんやよ」

「わたしに限ってそんなことするはずないでしょ。事件が起きたらミスコンが中止になるのに。どれだけこのタイトルに執着してたか知ってるじゃない」

「お願い、二人とも落ち着いてよ」

仲裁に入ると、舞香がわたしをにらみつけた。

「ねえ、ずっと気になってたんだけど、美咲って、まるで自分だけは一連の事件に無関係ですって顔をしてない？　謎解き役をしてるからって、容疑者から外れるわけじゃないからね。そうそう、エレナも同じよ」

舞香がエレナに近づき、威嚇するように顔を寄せた。

「あんたのことだって信用してないから。クリスを殺そうとして失敗して、慌てて手術して取り繕ってるのかも。つまり自作自演なんじゃないの」

「呆れた。だったらもし次に舞香が狙われて瀕死《ひんし》状態になっても、絶対に助けてやらないわよ」

「ああもう、ちょっとやめてよ。落ち着いて」

わたしはエレナから舞香を引き離す。

「いがみあっても何にもならないでしょう。認めるわよ。証明する手立てがない限り、わたしだって犯人でありえる。エレナだって同じ。ミスター・クリスのことも、まりあに関しても、みんな平等に襲うチャンスがあった」

舞香はふんと鼻を鳴らし、椅子に座った。

「わかればいいのよ。それで？　あれから新しい情報はあるの？」

わたしはエレナがまりあの遺体を、そしてわたしが部屋を検証したことを伝えた。

「ドアの下から？　犯人は、とんでもないことを考えつくのね」

舞香は不愉快そうに眉をひそめた。

「犯人はなんで二人を狙ったのかしら」

「動機がわかっていれば、こんなに苦労してないわよ」

「動機って、例えば？」

「もちろんいろいろよ。突発的なものもあれば、過去の復讐《ふくしゅう》とか——」

そこまで言って、はたと思い至る。

「そういえば、ミューズ・オブ・ジャパンは過去に事故があって休止になったって言ってたでしょ。誰か詳しい話、知ってる?」

「当時は今ほどネットで情報が回らなかったから、本当のところはわからないけれど、チャリティイベント中、ミューズが乗った車両に車が突っ込んできたみたいよ」

参加するミスコンの歴史はリサーチ済みなのだろう、舞香がよどみなく答えた。

「一命はとりとめたって言ってたわよね」

ユアンが聞く。

「そこも色んな噂があるの。だから今生きているのかどうかもわからないわ」

「死亡でも重体でも、復讐の線はありえるかも。そうすると犯人は、被害者である元ミューズ本人か、その家族ってことだよね」

身を乗り出す姫羅に、舞香が冷静に答える。

「だけど、もし復讐するとしたら当時の主催者に対してするんじゃない? ミスター・クリスは今回、このコンテストの権利を買っただけで無関係なんだから」

「そっか……」

「だったら、まりあが加害者だったりするんちゃう。その事故、十五年前って言うてたっけ?」

「まりあは確か二十五歳だから、事故当時は十歳。さすがに加害者ではないんじゃないかな」

わたしが言っても、京子は「じゃあ加害者本人じゃなくて、まりあはその家族やねんわ」と何とか過去の事件とまりあの繋《つな》がりをこじつけたいようだった。

「家族に復讐するくらいなら、本人にするんじゃないの。それに当時十歳だった子供に復讐心を燃やすなんてありえない」

「常識があったら、そもそも殺人なんてしないねんから。復讐のターゲットが歪《ゆが》みに歪んで、まりあのことを狙ったのかも」

「百歩譲って復讐だとしたら、十五年待った意味が不明よね。どうしてわざわざ待って、今になって殺すのか――」

わたしの言葉にみんなで腕を組んで、あまりの不可解さに唸《うな》る。

「理屈が合わないね。過去の事件は、無関係ってことかな」

姫羅がお手上げ、とでもいうように両手をあげた。

「ミスコンの主催者とファイナリスト、という以外に、ミスター・クリスとまりあを繋ぐ何かがあるのかしら」

舞香が首をかしげるそばで、ユアンが思いつめた表情で言う。

「それがどういうものかわかんないけど、あってほしい。だって主催者とファイナリストっていう繋がりなら、ここにいる全員同じだもん。そんなの絶対にいや。だからミスター・クリスとまりあだけに、繋がりがあってほしい」

姫羅も深刻な表情で頷いた。

「そうだよね。もうこれで事件は終わってほしいもん。あたし、誓ってミスター・クリスともまりあさんとも繋がりなんてないからね」

「わたしもないよ」京子が続き、「わたしだって」とユアンと舞香が口を揃える。

「自分が知らないだけで、何らかの繋がりが過去にあるのかもしれないじゃない。出身地とか学校とか仕事とか」

わたしが水を向けると、京子が少し考えてから言った。

「過去っていうても、わたしなんて生まれてから、京都市内からほぼ出たことないし。仏教系の私立小中高と通って、親のイタリアンレストランに就職しただけやし」

「わたしは親戚《しんせき》がいたから小さい頃から韓国には時々遊びに行ってたけど、基本的にはずっと千葉。でも、人間関係でこじれたことなんてなかったと思うんだけど。あったとしたら、うちの母と父方の祖父母がうまくいってなくて、板挟みになってたくらい。他人とはもめたことないし、恨まれるようなことなんて全然ないし、もちろんミスター・クリスともまりあとも関わったこともないわ」

ユアンが話し終わると、「うちも嫁姑《よめしゅうとめ》問題、エグかった話、初日にしたでしょ」と姫羅が苦笑した。

「それ以外は特になにもない、ごく普通の人生。岡山の公立小中学校卒業。上京して高校に通いながら、ちょっぴりタレント活動もしてる。もちろんこれまでクリスともまりあとも接点なんかないし」

姫羅の次に、舞香が口を開いた。

「わたしは生まれも育ちも神奈川。父は茶道の、母は華道の師範。小中高は普通の公立よ。東京の大学に進学してミスコンに目覚めてからのことはもう話したから、別にいいでしょ。みんなのことは調べさせてもらったけど、誓って、ミスター・クリスともまりあとも今回初めて会った」

次はエレナが話し始める。

「わたしはロサンゼルス生まれのロサンゼルス育ちだけど、両親が日本人だし、日本語もしっかり学んでほしいと言われて、現地の公立学校以外にも、毎週土曜日に日本人学校に通わされていたわ。ちなみにミスター・クリスもアメリカに近しい人だから接点がないかと思って記憶をたどってみたけれど、ああいう男性には会ったことないわね。ちなみにずっと二重国籍だったけれど、今は日本の国籍を選択して、アメリカでは永住権で医師として働いてるの」

「みんな、どうもありがとう。見事にそれぞればらばらね。共通点なんて見当たらないわ」

「なにが『ありがとう』よ。美咲のも教えてくれないとフェアじゃないでしょ」

舞香が口をとがらせたので、わたしも慌てて話し始める。

「わたしの実家は東京だけど、小学生の頃に父が亡くなったりで経済的にけっこう苦労してきた。なんだかわたしだけだね、お嬢さまじゃないの。みんなの実家が由緒正しかったり裕福だったりで、びっくりしてる。とにかく大学の時にミステリー作家としてデビューしたけど、話したように、今はほとんど売れてなくて、派遣社員として働いてるだけよ」

「ああ、こうして話し合っていても解決するどころか、謎は深まるばかりね」

ユアンが頭を抱える。

「あたしたちと、ミスター・クリスとまりあには共通点はなさそう。だからきっと、この事件はもうおしまいなんだよ。ってか、そう思いたい」

姫羅が拝むように両手を合わせる隣で、舞香がしぶしぶといった口調で言った。

「あなたたちは、ミスター・クリスが襲われた時にも、これで終わりだと思ってたわけでしょ。そしたらまりあが殺された。だから油断しない方がいいと思う。自分の部屋にいても危険だし、不本意だけど昨日と同じように、みんなで一緒に過ごした方がいいわ。そうしたら犯人は手出しできないから、お互いを守ることになる」

「〝守る〟って口当たりのいい言葉やけど、結局、監視ってことやん。で、どうせ対象はわたしなんやろ」

京子が鼻で笑った。

「まあええけど。せいぜいわたしを監視してよ。絶対になにもせえへんから。疑いを晴らすいいチャンスやし。それに――」

つかの間の和やかさから一転、京子はにらみつけるように、全員を見回した。

「わたしかて、ぞんぶんにみんなを監視させてもらうからね」

互いに監視し合い、牽制《けんせい》し合いながら、思い思いにロビーで過ごした。本棚に揃えられた本や雑誌を読む者、海を眺める者、イヤフォンで音楽を聴く者。けれども心からはくつろげず気まずい空気がずっと漂っている。

「ああ、息が詰まる」

ソファから立ち上がって階段を上りかけた舞香を、京子が咎《とが》める。

「どこへ行くん？」

「部屋からたばこを持ってくるの。疑うなら、ついてくれば？」

舞香が挑発的に言いながら階段を上っていくと、京子はそのあとについていった。少しして、二人とも戻って来る。そのままロビーから庭に出ようとする舞香を、京子が止めた。が、

「もう出てもいいでしょ。外には犯人なんていないんだから」

と皮肉っぽく言うと、舞香は出て行った。

ベンチに腰掛けてたばこに火をつける舞香を窓ガラス越しに見張りながら、京子はロビーのソファに座っている。

みな、ずっと誰かの行動に目を光らせている。手洗いや、飲食物を取りに厨房に行く時も必ず毎回数人で行動した。もちろんエレナがミスター・クリスの看護に行く時も、誰かが一緒に付き添うようにした。

そんな風に徹底して過ごすうちに、日が暮れてきた。街灯もない島は、一気に真っ暗になる。波の音しか聞こえない場所で、いつの間にかわたしは眠りに落ちていた。

誰か来て！　という叫び声で飛び起きた。

わたしと同じように、驚いてユアンと姫羅がソファから身を起こすのが視界の片隅に入る。わたしは弾《はじ》かれたように、ロビーを走り抜け、助けを求める声を追った。

声は開け放たれた、テラスへ続くドアの外からだった。まさか、事件であるはずがない、違っていてほしいと願いながらたどり着くと、二人の女性が倒れていた——舞香と京子だ。

エレナが必死に、テラスのフロアに倒れた京子に心臓マッサージを施している。

「誰か、ＡＥＤを！」

エレナがわたしたちに叫んだ。

「ロビーのカウンターで見たわ。すぐ持ってくる！」

ユアンが走っていき、黄緑色のＡＥＤ装置を手に戻って来た。エレナが装置を開けると自動的に電源が入ったのか、英語の機械音声が手順を述べ始める。エレナは同梱《どうこん》されていたハサミで京子のＴシャツを切り裂くと、パッドを取り出して胸部に装着した。

『Don't Touch Patient. Analyzing. Shock Advised.』

電気ショックが流れ、京子の体がわずかに揺れる。しかし心停止したままなのか、エレナが再び心臓マッサージを始めた。

「お願い、戻ってきて！　目を覚まして！」

ＡＥＤ装置のカウントに合わせて、エレナは京子の胸部を押している。その合間に悲痛な声で「お願い、死なないで。戻ってきて」と声をかけ続けた。

わたしたちは、ただ呆然《ぼうぜん》とその様子を見守るしかなかった。

「ねえ美咲、あれ……」

ユアンが震える指で、舞香を示す。目は見ひらかれ、顔は真っ青で、明らかに絶命していた。

「舞香……」

ユアンと姫羅はくずおれそうになるのを、支え合ってなんとか倒れずにすんでいた。

エレナの必死の救命活動は続いている。けれども京子の表情に、少しも生気は感じられなかった。そしてそれは、ついに戻ることはなかった。

「ああ、どうして……」

エレナが涙をこぼす。クリスの時も、まりあの時も冷静さを保っていたが、ついに決壊したようだった。

「誰がこんなひどいことを。尊い命を……絶対に許せないわ……」

泣き続けるエレナに、わたしはそっと寄り添い背中をさする。エレナがひとしきり泣いて、少し落ち着いてきた頃に、わたしは思い切って切り出した。

「あのねエレナ、ひとつ確認したいことがあるの。ミスター・クリスのいる部屋に、一緒に来てくれない？」

エレナは濡れた目でわたしを見ると、黙って頷いた。姫羅とユアンに支えられるようにしてスタッフルームへたどり着くと、エレナは首からかけた鍵でドアを開けた。

自動で電気がついた。部屋ではミスター・クリスは変わらず眠っている。一見して、何も変わったところはない。が、わたしは期待を込めて、足元の掛布団をそうっとめくった。ここに解決の糸口があることを信じて疑わなかった。

しかし、わたしが見たものは、想像とは違っていた。

「美咲さん、どうしたの？」

黙り込んだわたしに、姫羅がいぶかしげに聞く。

「実は……ミスター・クリスは本当は動けるんじゃないかと疑っていたの」

「え？」

わたしの言葉に、姫羅とユアンだけでなく、放心状態のエレナも反応した。

「わたしたちは互いを警戒しながら行動している。だけどそんな状況でも、ミスター・クリスだけはわたしたちの意識から外れているでしょう。本当はとっくに覚醒《かくせい》しているけれどその事実を伏せて、みんなを油断させて凶行に及んでいるのかと思って」

「なるほど」ユアンが頷く。

そして、もしもそうだとしたら、エレナが気づかないわけがない。点滴が外れていたり、足が汚れていたりするはずだからだ。その場合は、エレナも共犯だと疑わざるをえない。

「それで前回来た時、こっそりと仕掛けをした。両足の裏に、リップバームで線を書いておいたの。空調で乾燥していて唇荒れがひどいから、いつもポケットに持ち歩いているのよ。透明だし、エレナにも気づかれない。だけど、歩いたら確実に取れるから、わたしにだけわかる。角度によって、少しパールがかって見える特殊なものだから取れてしまったら簡単には再現できない。そして今、来てみたわけだけど……」

わたしは首を横に振った。

「リップバームはそのままだった。にじんでもいなかった。ミスター・クリスはまだ覚醒していなくて、本当に動けないのね。黙ってそんなことしてごめんなさい、エレナ」

「そうだったの」エレナは哀しそうに唇を噛んだ。「こんな状況だもの、仕方ないわ。ただ残念ながらミスター・クリスはずっとこの状態よ。京子も救えなかったし、今日ほど自分が無力だと感じたことはないわ」

涙を流すエレナの肩をそっと抱きながら、わたしたちは、力なくロビーへと戻った。

第四章

パスポートを専門スタッフに預けた後、隊員は自分用にコピーしたものを持って医務室に戻って来た。隊員が再び女性の前の椅子に座ると、彼女も居住まいを正した。

「早速ですが——次々と殺されたというのは、いったいどういうことなのでしょうか」

「はい……ああ、どこからお話しすればいいのか……」

彼女は神経質そうに、両手を組んだり離したりした。

「まずは、わたしを含めたメンバーの名前をお伝えします」

彼女が書くしぐさをしたので、隊員はノートパッドとペンを渡した。彼女は日本語と英語で名前を表記していった。

まりあ　Maria

舞香　Maika

京子　Kyoko

エレナ　Elena

ユアン　Yuan
姫羅　Tiara
美咲　Misaki
レイラ　Layla
そこまで書いたところで彼女は手を止め、ノートパッドをこちらに戻してきた。隊員は手元にあるパスポートのコピーと見比べる。
「ああ、これがあなたのお名前ですね。そして――レイラさん。今こちらに眠られている方がレイラさんということですね」
「そうです。このメンバーで、島で過ごしていました」

＊＊＊＊＊＊

舞香と京子の遺体を病院のベッドに安置した後、わたしたちはロビーに戻って来た。エレナは憔悴《しょうすい》しきっていて、力なくソファに腰かけた。

「舞香と京子はどうやって死んでいたの？　わたし、怖くてとても見られなかったから」

ユアンが恐る恐るエレナに尋ねる。

「転落死だと思うわ。屋上から」

「屋上なんてあったんだね」

姫羅が呟《つぶや》いた。

二階建てのヴィラだが、天井が高いので、三階ほどの高さになる。テラスの床は固いテラコッタタイルなので、衝撃は強かったのだろう。近寄って見たわけではないが、二人とも、頭から血は流していたものの、顔面に大きな傷はなかったように見えた。美しさを競い合っていた者としては、せめてもの救いだろう。

それにしても二人も殺されるとは――

わたしが考え込んでいると、エレナがその様子に気づいた。

「美咲、ヒントになることがあるならわたしたちにも教えてほしい」

少し逡巡《しゅんじゅん》した後、わたしは口を開いた。

「ミスター・クリスの場合は、トロフィー、つまりその場にあった凶器だったよね。まりあの場合は、おそらく口にするものに何かを入れられた。部屋が燃えたことに関しては、証拠を残してしまったから燃やすことにしたんだと思う。つまり、ここまでは強い積極性はみられない。あらかじめ凶器を用意してミスター・クリスを襲ったわけじゃないし、まりあのことはもしかしたら致死量じゃなかったのに意図せず死んでしまった可能性もある。だけど今回は……」

わたしはそこで言葉を切った。エレナとユアン、そして姫羅が不安そうな表情で聞き入っている。

「犯人の強い意志を感じる。二人も転落させるなんて」

ユアンが怯《おび》えたように自分の肩を抱きしめる。

「エスカレートしてるってこと？」

「そう思える」

一瞬、女性たちが互いに緊迫した視線を走らせた。

「あたしじゃないよ！」真っ先に姫羅が言った。「二人と一緒にいなかったし」

「わたしだってそうよ」

ユアンも慌てて続けた。エレナは口を開く気力もないのか、ただ泣き腫《は》らした目を伏せた。

「ていうか、正直……この中で動機があったのは姫羅なんじゃない？」

「どうしてよ」

「舞香があなたの枕営業のことを知ってたから殺したんじゃないの？」

「殺すわけないじゃん、事実じゃないんだから」

「舞香が決定的な証拠を握ってたとか」

「だったらユアンさんだって、知られたくない秘密を握られてたのかもしれない。経営が危ないって噂があるんでしょ」

「会社経営は多少の浮き沈みがあるのが当たり前よ。たまたま今が、沈みかけている時ってだけ。いずれ浮上するんだから。だからこそ、このミスコンで優勝したかった。いくらハリウッドのセレブが使ってくれてたって、アンバサダー契約には莫大《ばくだい》なギャラを払わなくちゃならないし、広告宣伝費を考えるといくら売上げが上がったって間に合わない。だけどオーナーであるわたしがミスコンのミューズになれば、これ以上の宣伝効果はないわ。わたし自身が広告塔として、元手をかけずにクムの人気を再燃させることができる」

「へえ、経営が沈んでたこと、やっぱ認めるんだ。なるほど、さらに優勝するよりもミスター・クリスと結婚した方がもっともっと得だと計算したわけね」

ユアンはぐっと詰まる。

「結婚したら、ミスター・クリスがクムにも出資してくれて、今後のミューズ・オブ・ジャパンの大会では、公式スポンサーとしてクムの一式を使ってくれるとかね。安泰じゃん」

「そうだとしても、舞香と京子を殺す理由になんてならないわよ」

「京子さんにも何か弱みを握られてしまったのかもしんないじゃん」

「冷静になって、姫羅」

エレナが割って入った。

「万が一、舞香と京子が、ユアンにとって不都合な真実を摑《つか》んでいたとする。だけどミスター・クリスはこんな状態なのよ？　不都合な真実が、この期に及んで、いったい何に影響する？」

「あ……そうか」

「そして同じことが姫羅にも言えるわ。つまり、この島にいる限り、どんな暴露話も意味をなさない」

「だったら、誰にも動機がないってことになるじゃん！」

姫羅が顔を真っ赤にして立ち上がった。

「ああもう！　なんでこんなことになんの！　頭がおかしくなりそう！　船が来るまでに、あたしたち全員、ここで殺されるんじゃないの？」

全員が、ハッとしたように顔を見合わせた。

「怖いこと言わないでよ」

強気だったユアンが、急に心細げな声色になる。

「だって、おかしいじゃん！　これで終わりだと思ったら、また死人が出るんだよ！　毎日、誰かが殺される。この中に！　確実に、この中に犯人がいるんだよ？　誰かが嘘をついてる！　演技してる！　いったい誰なわけ⁉　ユアンさん？　美咲さん？　それともエレナさん？」

名前を呼びながら、それぞれに人差し指を突きつける。

「エレナさんだって怪しいよ。エレナさんのおかげでクリスは一命をとりとめたし、京子さんのことも必死で救命しようとしてた。だけど、だからってエレナさんが犯人じゃないとは限らないよね。自分で襲っておいて、信用させるために救命していただけかもしれない」

「わたしが？　何のために」

「わかるわけないじゃん！　それに美咲さんだって！　美咲さんは仕事柄、殺害方法に詳しいでしょ。アリバイの作り方とか怪しまれない言動とか、知り尽くしてる。あたしたちの裏をかいて、嘲笑《あざわら》ってるんじゃないの。自分の小説が売れてないから、ネタがないから、こんな事件を起こして一躍話題になって返り咲こうとしてるんじゃないの！」

「ちょっと、落ち着いてよ姫羅ちゃん」

わたしが肩をさすってなだめようとすると、姫羅はわたしの手を邪険に振り払った。

「やめてよ！　人を殺したかもしれない手で触らないで！」

「姫羅ちゃん……」

「絶対に、あんたたち三人の誰かなのに！」

肩で大きく息をしながら、姫羅がわたしたちを睨《にら》みつけた。

そう。

姫羅は正しい。

犯人は、この中にいるのだ——

「そうやって大騒ぎしているのも、演技かもしれないしね」

ユアンがぽつりと言った。

「はあ？」

姫羅が摑みかかりそうになるのを、わたしは慌てて止めた。

「二人とも、やめてよ、お願い。こんな言い合い、意味がないから」

「……そういう美咲の仲裁も、演技かも」

ふたたびユアンが言った。みんな、互いを疑わしい目で見る。だれが犯人でもおかしくない。

ため息をついて、エレナが言った。

「全員、一緒にいない方がよさそうね。わたしはスタッフルームで過ごすわ。ミスター・クリスの見守りも兼ねて」

「そうね。わたしは部屋で過ごす。みんな、ベランダ側の窓の施錠も忘れないようにね」

ユアンが言って、二階へ上がっていく。

重苦しい雰囲気のまま、それぞれの場所に散っていった。


わたしは部屋へ戻るとしっかり鍵《かぎ》をかけた。

部屋はまだじめじめとしていた。いくら施設内が乾燥しているとはいっても、さすがにスプリンクラーでずぶぬれになったソファやベッドはまだ湿っている。けれども鍵のかかる部屋は、一階のスタッフルーム以外は各居室しかない。離れや病院にこもることも考えたが、離れで一人きりでいるのも、病院で遺体と一緒なのも怖かった。そんなことをするくらいなら、我慢して自室で過ごした方がいい。

スプリンクラーから距離のある、窓際のカウチソファは座っても水がしみだしてこなかったので、そこに身を置くことにする。ずっと気が張っていた。座ると、途端に疲れが出た。

窓の外には、寄せては返す青い波。日本では見たことのないような鮮やかな色の鳥がさえずり、のどかに羽ばたいている。殺人鬼と共に閉じ込められた、地獄のような楽園。呪《のろ》われた美しい絵画のような景色を眺め、事件のことをノートに整理しながら時間を過ごした。

ふと、まりあの部屋のように、燃やされる可能性も頭をよぎった。けれどもまだ湿っているので燃えないだろう、と言い聞かせた。だが、スプレー缶を使ったように、今度は火ではなく、毒物を飛散させる可能性もある。どんな手を使ってくるのか、想像もつかなかった。そして自分も狙われているのかどうかも。

——あたしたち全員、ここで殺されるんじゃないの？

姫羅の悲鳴が耳にこだまする。

わたしたちは、もしかしたら二度とこの島から出ることはできないのか。

犯人以外の全員が死ぬまで、この悪夢は終わらないのか。

いったい、誰がどういう目的で殺しているのか。

温暖なはずなのに、背筋がうすら寒くなる。

これまで、作品の中で殺害シーンを書いてきた。作品ごとに犯人がいたし、それぞれの動機があった。小説ならいい。必ずエンディングがやって来る。だけど現実はどうなるのかと想像すると、全身が凍りつく。

必ず生きて帰る、と誓いそうになり、慌ててやめる。なんだか、こういうセリフこそが死を引き寄せる気がしてしまう。

不吉な考えを振り払うように、舞香と京子のことを考える。なぜ二人は、屋上に行ったのだろう。犯人に呼び出されたとしても、あの警戒しきっていた二人のことだ、絶対に行かないに違いない。

なぜ行ったのか。

しかも二人同時に——

理解できないことばかりだった。


気が休まらないまま過ごすうちに、日が落ちてきた。さっきまで青空が広がっていたのに黒い雲が垂れ込め、風が強くなった。ざわざわと木々があおられ、海が荒れてきたのがわかる。一気に闇に沈んだ島のシルエットは、とさかのようなもの、くちばしのようなもの、こぶのようなものなど、不気味でグロテスクだ。まるで島全体がわたしたちを飲み込み、喰《く》らい尽くそうとしているようだ。

雨が降り出し、窓に激しく打ち付ける。雷が大きな音を立てて落ち、すくみあがった。

嵐に怯《おび》えている間にも、ひたひたと殺人鬼が近づいているような気がして、部屋の照明を最大限に明るくした。今夜はつけっぱなしで眠ろう。そう思いながら、ソファに座った時だった。

ふっと部屋中の電気が消えた。

慌ててバルコニーへ出る。バルコニーから見た限りでは、ヴィラ全体の電気が消えていた。外界と連絡も取れない。その上、電気系統まで遮断されてしまったのかと思うとぞっとする。嵐による一時的なパワーダウンであることを期待したが、待っても復活することはなかった。

わたしはスマートフォンのライトをつけて、そうっと部屋のドアを開けた。廊下をライトで照らし、異状がないことを確認してから一歩踏み出す。

暗闇の中、湿り気のあるカーペットが、ひたひたと気味の悪い音をたてる。足元を照らしつつ、周りを警戒しながら階段を下りていく。

下りてから、スタッフルームへ様子を見に行くか近くのロビーへ行くか一瞬迷ったその時、暗闇の中、いきなり前方から血まみれの手が伸びてきた。それはわたしの肩を掴み、体重をかけてくる。わたしは悲鳴をあげながら、床に倒れた。スマートフォンがライト側を下にして落ちたので、暗くて何も見えない。

「美咲さん……あたし」

か細い声が聞こえた。そしてうめき声。

「姫羅ちゃん……？」

わたしは手探りでスマートフォンを探して拾い上げる。姫羅は床に倒れ、腹部を押さえながら苦しげに顔をゆがめていた。

「どうしたの⁉」

「刺された……」

「誰に⁉」

「わからない……真っ暗だったから。急に電気が消えたから、部屋から出てきてみたら――」

「もういい。喋《しゃべ》らないでいいから」

こういう時、どうすればいいのだろう。そうだ、エレナを呼んで――

そこまで考えて、ハッとする。刺したのはエレナかもしれないのだ。

「助けて、美咲さん、痛いよ……」

姫羅の息が荒い。

「気を強く持たないと。大丈夫だから」

言いながらも、どうすればいいのかわからなかった。とりあえず羽織っていたものを脱ぎ、丸めて姫羅の腹部に強く押し当てた。彼女をこのままにしてはおけない。が、エレナを頼っていいのかわからない。迷った末、エレナが犯人でないことに賭《か》けて、捜しに行くことにした。犯人が近くにいることを考えると、姫羅を残していくのは心配だったが、とても歩ける状態ではないだろう。

「少し待っててね。すぐ戻るから」

わたしは姫羅の手を握って小声で告げてから、立ち上がった。暗闇にライトを向けてロビーを照らす。エレナの姿はない。スタッフルームに向かおうとした時、廊下の先にエレナとユアンが立っているのが見えた。睨み合いながら、互いに刃物を突きつけている。

いったいどういうこと——

唖然《あぜん》としていると、ユアンがわたしに気づいた。非常灯の淡い光の中に、目をぎらぎらさせた獣のような顔が浮かびあがる。

「姫羅を刺したのは、どっち?」

わたしの問いに、ユアンが間髪を容れずに答える。

「エレナよ」

「嘘つき。わたしじゃないわよ。ユアンが刺したんでしょう。ブレーカーを落として、みんなが部屋から出てくるように仕向けたのね」

エレナは否定し、非難した。が、ユアンは答えない。どちらを信じればいいのだろう。

「エレナ、姫羅を助けてあげて」

「わかってる、わたしも助けたいのよ」エレナはユアンから目を離さずに答えた。その口調は嘘ではないように思える。「だけどこの分だと、救命している間にユアンにわたしたち全員殺されてしまうわ」

「呆《あき》れた。美咲、エレナを信用しない方がいいわよ。エレナはね、ちゃんと使える衛星電話を持っていたの」

「え?」わたしは驚いてエレナを見る。「本当なの、エレナ」

「そんなはずないじゃない。持っていたらすぐに助けを呼んでるわよ。壊れているものと勘違いしたんじゃないの」

「勘違いじゃない。わたし、昨日拾ったの。舞香と京子が倒れていたところで。履歴だけは見られる状態で、昨日もSMSの送受信があったわ。それが英文だったの。わたしだって多少は英語を読めるけど、医学的な専門用語ばかりに見えた。だとしたらやり取りをしていたのはエレナに決まっているわ。AEDを使った時に落としたのよ、きっと」

「英語の専門用語ってかなり難解だと思うけど、どうして医学的だってわかるの？」

わたしの疑問に、ユアンは口ごもった。

「……なんとなく」

「医学的だったかどうかなんてわからないし、英語なら舞香も堪能だったじゃない。テラスで拾ったんなら、舞香か京子が持っていたって考えるのが自然じゃない？」

わたしがそう言うと一瞬ユアンはひるんだが、また何かに思い至ったように、あらためて刃物を握り直した。雨の音が、いっそう激しくなる。

「だけど、やっぱりエレナしか考えられない。もし犯人なら絶対に失くしたことに気づいて捜しに来るだろうなと思ったから、わたし、ずっと見張ってたのよ。ドキドキしながら待ってたら、本当にエレナが現れた。その時のわたしのショック、わかる？」

すかさずエレナが反論する。

「電話を捜してたわけじゃないわ。なにか犯人に繋《つな》がる手がかりがないかと思ってテラスを見てただけよ」

「どうかしらね。よくよく考えたら、エレナだったら病院にある色んな薬の知識を持ってるわよね。まりあにいくらでも飲ませることができたでしょ。色んな殺し方だってお手の物よ、きっと」

「ユアン、お願いだから美咲を翻弄《ほんろう》するようなことを言わないで。わたし、あなたが姫羅を刺すところ、見たのよ。暗かったけど、ちゃんとわかった」

エレナの言葉に、ユアンは黙り込んだ。わたしはユアンに恐る恐る尋ねる。

「ユアン、本当なの？　姫羅を刺したのは、あなた？」

「……だって仕方なかったんだもの」

観念したようにユアンが言った。姫羅を殺そうとしたのは、ユアンで間違いないようだ。エレナが優しく、諭すように言った。

「ねえユアン、刃物を下ろして。やめましょう、こんなこと。わたしたちが殺し合ってどうするのよ。ユアンに傷を負わせたくない。ユアンにも最後まで生きていてほしい。だから、ね？」

「でも……誰も信用できない」

「これならどう？」

エレナが自分の刃物から手を離す。刃物が音を立てて床に落ちた。ユアンも迷うように、何度か下ろしかける。が、やはりあらためてしっかりと構え直した。

「……やっぱりだめだわ。犯人が誰だか特定できない以上、わたし以外の全員に死んでもらわないと安心できないもの」

「ユアン……」

「わたし、実は韓国に隠し子がいるの。だから絶対に生きて帰りたい。会いたい。だからこの島で、どうしても殺されるわけにはいかないのよ」

「お子さんが？　そうだったのね」

エレナが驚きつつも、同情するような表情になる。出産歴のある女性は応募できなかったはずだ。みんな何らか、大なり小なりの違反を隠してエントリーしてきたようだ。

「だからリスクは取れない。姫羅のことだって信用できなかった。だから殺される前に殺そうと思った。あなたもね、エレナ。そして美咲も。あなたたち二人以上に、犯人らしい人物なんていないじゃない。姫羅が言ったように、美咲は殺害方法に詳しくて、自分から疑いをそらせるようなセリフや状況を考えられて、みんなを自分の都合のいいように誘導できる。エレナは色んな毒物や薬物に詳しくて、病院にある物をいくらでも活用できるだろうし、致死量にも明るい。姫羅の言うとおりだわ。どうして今まで思いつかなかったんだろう」

ユアンがわたしを睨みながら、こちらに近づいてきた。

「やめてよ、わたし、そんなことしない」

わたしは必死に否定した。ユアンはわたしとエレナに交互に切っ先を向けているが、わたしに突きつける時間の方が長くなってきた。

緊迫した時間が流れる。ユアンは肩で大きく息をしている。素早くわたしとエレナを交互に見ると、ユアンはわたしに向かって刃物ごと体当たりしてきた。

反射的に目をつぶる。体に強い衝撃を感じ、壁に押し付けられた。このまま死んでしまうのだという恐怖で全身が粟立《あわだ》つ——が、痛みはない。恐る恐る目を開けてみると、わたしを守るように立ちはだかるエレナの背中があった。ナイフは、わたしではなくエレナの腕に刺さっている。

「エレナ！」

わたしは悲鳴を上げた。

「心配しないで、大丈夫よ」

エレナが安心させるように、振り返って微笑みかける。そのエレナに、ユアンが体当たりしたままの姿勢で、もたれかかっていた。はっと気がつくと、床に血がしたたり落ちている。ユアンは動かない。

「ユアン……？」

顔を覗《のぞ》き込もうとすると、ユアンの体からゆっくりと力が抜け、床にくずおれた。

「ユアン！」

エレナとわたしは、その傍らに膝《ひざ》をつく。彼女の胸にはナイフが突き立てられていた。ユアンがかすれる声で、何か言っている。わたしは慌ててユアンの口元に耳を近づけた。その途端、むせかえるような血の匂いに混じって、ほのかにフレグランスの香りを感じた。クムの化粧品に含まれる、濃厚な薔薇《ばら》の香り。この香りも含めて、ユアンが心血注いで開発してきたのだと思うと、まるでユアンの人生そのものが匂い立っているように思えた。

子供の名前らしきものを呟《つぶや》くと、耳元に感じるユアンの呼吸が止まった。

「ああ、ユアン……」

子供に会いたいと言っていたのに。絶対に生きて帰りたいと言っていたのに。もうそれは叶《かな》わなくなってしまった――

見開かれたままのユアンの瞳《ひとみ》には、もうなにも映っていない。エレナは涙を流しながら、ユアンの目をそうっと手で閉じてやった。

「こんなことになるなんて……だけど美咲を守るには、とっさにこうするしかなかった……」

「わかってる。エレナがこうしてくれなかったら、わたしが殺されてた。助けてくれて本当にありがとう、エレナ」

嗚咽《おえつ》するエレナの肩を、わたしはさすった。痛い、とエレナが顔をしかめる。

「ごめんなさい、大丈夫？」

正面から向かってきたのをとっさにかわしたのだろう、二の腕に十センチほどの傷があり、痛々しかった。

「大丈夫よ。痛みはあるけど利き腕じゃないし、自分で止血と縫合もできる」

「手伝うわ」

「ありがとう。先に電気室に行ってブレーカーを上げてきてくれない？」

「わかった」

わたしは立ちあがり、電気室へ行ってブレーカーを上げた。全館の電気が一気に戻る。出て行くと、エレナはロビーにいる姫羅のところに移動していた。わたしの視線に気がつくと、エレナは悲しそうに、ゆっくりと首を横に振った。

わたしも姫羅のところへ戻る。腹部に当てたわたしの羽織りものは、真っ赤に濡《ぬ》れていた。可哀そうに。この中で一番若く、たくさんの可能性に満ち溢《あふ》れていたのに。美咲さん美咲さん、と初日から慕ってくれた、人懐っこい姫羅の笑顔を思い出す。あの時は、まさか彼女の死に顔を見ることになるなんて想像もしなかった――

わたしたちは姫羅とまりあの遺体をソファに移動させ、ブランケットをかけてやると、黙ってしばらく両手を合わせた。

わたしたちはスタッフルームで、エレナの傷の処置をすることにした。わたしは消毒液や器具を手渡しするくらいで、エレナは器用に片手で縫合を進めている。

手伝いながら、わたしはずっと考えている。ユアンは姫羅を殺し、わたしとエレナを襲ったけれど、これまでの事件の犯人ではないような口ぶりだった。身を挺《てい》してわたしを守ってくれたエレナも犯人とは思えない。となると、これまでの犯人は誰だったのか――

「縫合、終わり」

エレナが器具を銀色のトレーの上に置く。あらためて傷を見ると、とても大きかった。エレナがたちはだかってくれなければ、ナイフは真正面から自分を貫いていたのだと考えると、体が震える。もちろん避《よ》けきれなければ、エレナが殺されていた可能性も充分ある。

「本当にありがとう。エレナは命の恩人だわ」

「当たり前のことをしただけよ」

「どう、痛む？」

「今はね。だけど痛み止めの注射を打てば、普通に動かせるわ」

「よかった」わたしはミスター・クリスを見た。規則正しい寝息を立て、眠り続けている。

「あとは船が来るのを待つだけね」

「そうね、やっと落ち着けるわ」

「そういえば、衛星電話があったなんて本当かな。もし本当なら、それで連絡すればすぐに来てもらえるんじゃない？」

「ええ、ユアンのジーンズのポケットに入っていたけど」

エレナが電話を取りだした。画面は割れており、筐体《きょうたい》にもひびが入っている。

「やっぱりこれ、最初に探したけど壊されてた電話じゃないの？」

と、わたしは首をかしげる。

「だけどさっきスタッフルームに移動する前に確認したら、フロントには壊れた電話が二つとも置いたままだったの。つまりこれは、確かに別の電話なのよ」

エレナが電源ボタンを押すと、電気がついた。画面もオレンジ色に光る。昔の携帯電話に似た、文字しか表示できないシンプルな画面のようだ。通話とショートメッセージの機能しかないのだろう。

エレナはいろいろとボタンを押していたが、「やっぱり壊れてる。電話の発信ができればすぐに助けを呼べるのに」と肩を落とした。

「じゃあ、あと十日待つしかないのね。死の恐怖もなくなったわけだし、のんびり待ってればいいわよ」

わたしの言葉に、エレナは微笑んだ。

「そうね」

「だけど……本当にユアンが見つけただけだったとしたら、それまではいったい誰が持ってたんだろう。利用可能な電話を持っていたのに助けを呼ばなかった。そもそも持っていることすら秘密にしていた——それって、犯人だったから、だよね。でも結局、その犯人はわからずじまい」

「ええ、そうね。そういう意味では、完全に解決したとは言えないのかしら」

わたしはこれまでノートにメモしていた事件に関する事柄を思い出す。バラバラに見えるが、パズルのピースを集め、自分なりに推理を組み立てていく。頭の中でいくつかの説を組み立てては壊し、やがて道筋ができていった。

「もしかしたら……こういうことだったのかも」

「聞きたいわ」

エレナが身を乗り出す。

「まず、電話は舞香が隠し持っていたんだと思う。ミスター・クリスの離れを捜索している時に見つけたのかもしれない。だけど舞香は演出だと思っていたから、誰にも言わずに持っていた。仕込みのアイテムで、いずれ指示があると思ったのかもね。だけど演出じゃないとわかったから、犯人に知られないよう隠れて外部に電話して助けを呼ぼうとした。衛星電話って、屋内では繋がりにくいのよね。だから屋上に出て使おうとしたところに、怪しんだ京子がやってきて、もみあいになって二人とも落下してしまった――どうかな」

「確かにそれなら、つじつまが合うわ。じゃあミスター・クリスとまりあは誰が？」

「持ってきていたレトルト食品や缶詰を使っていたことを、京子がミスター・クリスに見られて追及されたのかも。彼女だけの問題じゃなくて、ご両親のレストランや関連商品、料理本、料理番組、全ての根幹を揺るがすことだから、彼女にとっては絶対に知られてはいけないことだったんだわ、きっと。殺すつもりはなかったんじゃないかな。だけど結果的に、あんなことになってしまった。

そしてその時のことを、まりあに目撃されてしまった。脅された可能性もあるわね。だから口封じをせざるを得なくなった。そしてその時に部屋に証拠を残してしまった。だから部屋ごと燃やした――それが全貌《ぜんぼう》なんじゃないかな」

「なるほど、それが連続殺人事件の真相ってわけね。さすがだわ、美咲」

「あくまでも、可能性のひとつだけどね。もう確かめようもないし」

「ただ……この中で生き残ったのはわたしたちだけよね。世間は信じてくれるかしら」

「正直、もう真相なんて判明しようがないと思う。わたしたちはただ起こったことを話して、こういうことだったんじゃないかと伝えるだけよ」

「そうね。だけど美咲の推理なら、ちゃんと筋が通る。あなたって本当に聡明《そうめい》で素敵な作家だわ。美咲はいつもフェアに判断して、最後まで導いてくれた。生き残ることができたのも美咲のお陰。だから美咲こそ命の恩人だと思ってる。もしもこんな事件が起こらずにこのコンテストが有効だったら、一番ミューズにふさわしい女性だと思うわ」

「わたしがミューズだなんて……」

ミューズという言葉に、みんなの顔が胸に去来した。王冠をかぶることを夢見て集まった七人。ミューズを目指して競い合っていた七人。だけどわたしとエレナ以外、みんないなくなってしまった――

胸が詰まり、思わず涙ぐむ。エレナも同じ思いなのか、目尻《めじり》が光っていた。プールでのスキニーディッピングや、ヨガをしたことなど、互いにひとしきり彼女たちとの楽しかった思い出を語り合う。

「彼女たちのために、献杯しましょう」

エレナは涙を拭いながら立ち上がった。そしてスタッフルームから出ると、シャンパンとグラスをふたつ持って戻って来た。グラスをシャンパンで満たし、ひとつをわたしに手渡した。

「まりあ、舞香、京子、姫羅、そしてユアンに」

エレナが言いながらグラスを掲げた。わたしもそれに倣い、グラスを合わせる。透明感のある、澄んだ音がした。鎮魂の響きだ。

わたしは彼女たちを想いながら、シャンパンに口をつけた。

＊＊＊＊＊＊

八名の人物リストを前に、いよいよ事件についての話が始まった。

「まず最初に、まりあが殺されました。毒殺です。そして部屋ごと遺体が燃やされてしまったのです」

「燃やした？　部屋をですか？」

「ええ、おそらく証拠隠滅のためです」

「まさか……」

想像していたより残忍な事件だ。

「この時までは、わたしたちは外部の人間による犯行だと思っていたんです。だってそうでしょう？　まさか志を共にした仲間の中に犯人がいるだなんて思いませんでした。——いえ、今思い返せば、信じたくなかっただけだったのですが」

そこで彼女は言葉を切り、辛《つら》そうな表情で続きを話した。

「それから京子と舞香が屋上から突き落とされて転落死しました。わたしたちは、仲間の誰かが犯人なのだと確信しました。島にはわたしたちしかいません。互いに疑い合い、緊迫した時間が過ぎていきました」

彼女は涙をこらえるように、目をつぶって口を引き結んだ。隊員は同情するようにうなずきながら、心の中で犠牲者の名前に斜線を引いていく。この時点で残っているのはユアン、姫羅、美咲、エレナ、そしてレイラの五名だ。

「嵐が起こって不安がピークになった時に、ヴィラの照明が全て落ちました。島全体が真っ暗になってしまったのです。闇の中で姫羅が刺されて殺されました。わたし、必死で助けようとしたんです。だけど出血がひどくて、無理でした。それから続けてユアンも殺されてしまいました。彼女のことも、助けられなかった」

彼女は思い出したのか、涙を浮かべ、声を震わせた。

「ついに三名になった時、犯人は本性を現しました。もう隠れる必要はなくなったとばかり、逃げまどうわたしたち二人に、笑いながら、さも楽しそうに襲いかかってきました」

「つまり犯人は――」

隊員は、ごくりと唾を飲み込んだ。

「はい」エレナの頬に、涙が伝った。「美咲だったのです」

＊＊＊＊＊＊

まるで長い夢を見ていたような気がする。

なにもかもが美しく、だけど残酷で恐ろしい夢。

目を開けると、しばらく滲《にじ》んだようなぼんやりとした世界が広がり、そのうちに焦点が定まってきた。

純白でまばゆい、だだっぴろい部屋。

とても寒い。

体にシーツがかかっているようだが、肩が出ている。首元まで引き上げようとして気がついた——体が動かない。

あらためて、目だけで部屋を見渡す。ここはもしかして——

「あら、目が覚めたの？」

エレナがわたしの顔を覗き込んだ。緑色の厚手の帽子、そして手術着を着ている。マスクもしているので口元は見えないが、笑顔なのがわかる。

「もしかして全部……夢だった？　コンテストに参加したことも、ファイナリストとして島に来たことも、たくさんの仲間が殺されたことも」

「残念ながら、全て現実よ」

エレナが哀《かな》しそうに首を横に振った。

「わたしはどうして、こんなところに？　そしてエレナはどうしてそんな恰好《かっこう》をしてるの？」

尋ねながらも、思い至ることがあった。「もしかして、あれからあらたに殺人犯が現れて、わたし、襲われたとか？　それで、これからエレナが手術をしてくれるところなのかしら」

「正解よ」

冗談のつもりだったのに、意外に正解だった。そして恐ろしいことであるはずなのに、麻酔のせいなのか恐怖を少しも感じず、心がふわふわとしていた。エレナはしゃべりながらも、てきぱきと手を動かしている。

「今は何をしてるの？」

「自動麻酔システムのセットアップよ。わたし一人で全部をこなすのは無理だから。本当は医療チームをよび寄せたかったけれど、この嵐では難しいから」

「自動の麻酔？　今はそんなのがあるの？」

「すごいでしょう。なかなか、ここまで最先端の設備が揃っている病院はないと思うわ」

「そして優秀な外科医もいるしね」

わたしが言うと、エレナはくすぐったそうに首をすくめた。

「とはいっても、自動麻酔システムは美咲に使うんじゃないの。美咲には一般的な方法よ。でも目が覚めちゃうなんて、ちょっと量が少なかったかしら」

エレナの言葉に、首を動かして見ると、隣の台にはミスター・クリスが横たわっていた。

「ミスター・クリスも同時に手術するの？」

「さすがに同時ではないわ。美咲が先よ」

「そっか。ねえ、手術となると、安静期間もいるわよね。いつ戻れるの？」

「最低でも一週間から十日はいるかしら」

「早く戻りたいな。戻って、新しい小説を書きたい。今回のことで刺激を受けたし、それに、いつどんな風に命が途切れるかわからないって痛感したから、書けるうちに書きたい」

「いいわね」

「これまでくすぶってたのに、意欲が湧いてきたのは、やっぱりエレナが身を犠牲にして守ってくれたお陰よ」

「あら、光栄だわ」

器具を並べているのか、金属同士がぶつかる音がする。わたしはいったい、どこにどんな傷があるのだろう。

「わたし、この島で起こったできごとを下敷きにしようかと思ってる。今だから正直に言うけど、実はもともと、そういう目的で参加したっていうのもあるの。それで最初の夜から創作ノートにいろいろ書きつけてて。といってもランダムな案だよ？　でもね、途中から今回の事件のことを整理するために同じノートにたくさんメモや記録をつけてたんだけど、ふと思ったの。合わせたら面白い作品になるんじゃないかって。個性的な女性たちと、愛憎の入り混じった末の連続殺人事件。実際に、まりあや舞香、京子、姫羅、ユアンをモデルにして登場させれば、彼女たちの生きた証《あかし》にもなる。どうかな」

「素敵なんじゃない？　だけど犯人を誰にするの」

「犯人はミステリー作家であるわたし、なんてどうかな。視点人物が実は……というもの。うまく書けば斬新な作品になると思う」

「そう。創作ノートは部屋にあるの？」

「あるよ、あとで見せるね」

「楽しみだわ。だけど犯人はつかまらないの？」

「そこは何か考えないとね。証拠がなければいいの。島で起こったことなんて証明できない。死体は海に流して、現場となったヴィラは燃やしちゃえばいいんじゃない。派手なクライマックスにもなるし、いいかも」

夢中で構想を話すわたしを、エレナが見下ろして頷く。慈しみに溢れた、優しい視線。

「とっても斬新でいいアイデアだと思う。素敵な作品になるといいわね」

エレナが作業の手を止め、そうっと手の甲でわたしの頰を撫《な》でる。心地よかった。

「ねえ、美咲の小説だと、殺人犯が人を殺《あや》める動機はなんなのかしら」

「うーん、やっぱり愛だったり、憎しみだったり、恨みだったり……嫉妬《しっと》もあるかな。そうそう、お金は人をおかしくさせるよね。あとは家族を守るためとか」

「ああ、それ、わかるなあ。だけどわたしの場合だと、やっぱり健康かしら」

「健康？」

夢があるのかないのか、わからない。冗談なのかと思ったが、エレナの目は真剣だった。

「人を殺めたい、という意志って、強いエネルギーがいるわよね。お金、復讐《ふくしゅう》……いろいろあるけどやっぱり一番は命にかかわることじゃない？　だって健康や命にかかわることだけは、どんなにお金や時間をかけても解決できないでしょ。だからわたしなら、健康が一番の動機になるかな」

「さすがエレナ、お医者さまっぽい。だけど別に人を殺したって、健康にはなれないよ」

「確かにそうね。でも美咲が書く気になってるなら、わたしからもひとつ、お話を提供しようかしら。これは不思議な不思議な、美しい姉妹たちの物語よ。——ねえ、アジアのミスコンって、どうしても似通った顔が集まってきてしまうわよね。流行に合わせて、整形やヘアメイクも同じにするものね。だけど今回は特に、全員どことなく似ていなかった？」

「どういう意味？」

「海外のミスコンではね、お互いをシスターズって呼び合うんだって。そして今回集まったわたしたちは、シスターズだったのよ——本物の」

「そんなはずないじゃない。年齢も、生まれた場所もばらばら。そもそもまったく別の両親だし」

「果たしてそうなのかしら？」

「わたしがうまれたのは20xx年、東京の下町だよ。ちなみに養女でもないから。わたしの出産映像、残ってるんだからね」

「なるほど、そうなのね。ところで、わたしには姉がいるって話したでしょ？」

「うん」

「アメリカにいたわたしの両親は子供が出来なくて、顕微授精をしたの。治療が合っていたのか、幸い受精卵が二十個もできて、そのうちのひとつを移植して姉が生まれた。それが19x x年」

「それで?」

話が見えない。

「残りの受精卵は凍結されて、十二年後に、ふたつを融解して同時に子宮に戻して、そのうちひとつが着床してわたしが誕生した」

「そう」

「両親は、娘が二人も生まれて大喜びだった。体力的にも、二人授かれば充分だと思っていたそうよ。その時点で、凍結受精卵は十七個残っていた。アメリカでは、余剰胚《よじょうはい》を寄付することができるの。ちなみに、両親の場合は事前の検査で着床する能力が高いと判定された受精卵だけを寄付した」

受精卵、という言葉が、どぎつく耳に残った。自分には全く関係のない話のはずなのに、胸がざわつく。

「一方、日本で配偶者以外からの卵子や精子の提供を受けるには、かなり厳しい条件をクリアしなければならない。クリアできない人たちはアメリカのドナーを頼るの。女性側と男性側、両方に不妊原因がある場合も当然あるわよね。その場合は、受精卵の提供を受けることができる」

エレナの声に張りが出て、表情は生き生きしている。そしてそれがますます不吉に感じられた。悪寒がする。

「両親とも日本人の場合、受精卵も日本人同士のカップルの提供を受けることができる。受精卵を日本に輸入することも移植することも法律違反ではないけれど、倫理的問題を理由に、基本的には日本の病院では受け入れてもらえない。そういう場合は、妻だけが渡米して移植すればいいの。その方が煩わしくないものね」

話の合間にエレナはモニターをいじったり、コンピュータに何かを打ち込んだりと、忙しく作業している。しかしその手先はリズミカルに弾み、動き回る足取りも軽やかだ。

「他人から譲り受けた受精卵ということは、赤ちゃんは全くの他人。つまり養子と同じことよね。だけどドナー提供の受精卵で出産するメリットはいくつかある。実際に出産するので、実子ではないことがほぼ明るみに出ないこと。そして養子と違って縁組をする必要もないこと。不妊治療をしていたと誰にも知られることはないこと。つまり養子を取るのでなく、わざわざこのような方法を選ぶ人は、誰にも知られたくないという事情がある人が多い。だから、この出産方法を選んだ夫婦は全員、ドナー受精卵だということを、誰にも明かしていないはず」

「まさか……わたし……も？」

真っ白で清潔な手術室。まばゆいライト。ぐらり、と世界が歪《ゆが》んだ気がした。

「そうよ。美咲だけじゃない。今回のファイナリストたち、全員がそうなの」

「嘘よ。ありえない。両親がわたしの本当の親じゃないなんて」

「そりゃあそうよ。正真正銘、血を分けた、本物のご両親だと思わせたいからこその行動でしょう」

「わたし、両親と顔も似てるのよ」

「受精卵を選ぶ時、写真を公開してくれるドナーもいる。わたしの両親も選択の手助けになればとそうしていたらしいわ。だから美咲のご両親も、自分たちに似た夫婦を選んだんじゃない？」

「だけど……不可能よ。ドナーから譲り受けたとしても、みんな時期も地域もばらばらでしょう？　どうやって子供たちを探すの？　わかるはずないじゃない」

「そうね。レシピエント情報は秘匿されてる。だからわたしたちは、受精卵を管理している施設を買い取ったの。そして、あちこちに散らばったシスターズの情報を得ることができた」

「どうしてそこまで……」

「その質問にはあとで答えるわね。わたしたちはそれぞれの子供たちのことを調べ始めた。もちろん男のきょうだいもいたけれど、探していたのは同性である女の子。引っ越していた人もいたけれど、この情報化社会、居場所をつきとめるのに時間はかからなかった。移植された時期が違うから、年齢もさまざま。出身地もばらばら。誰もわたしたちがシスターズだなんて思わないでしょう。しかも、この島に一堂に会してるなんてね」

再びエレナがわたしに優しく微笑みかける。エレナがわたしの姉なの？　ずっと姉妹が欲しいと思っていた。一人っ子はつまらなかった。それがこんな形で叶《かな》うなんて。

いや――

エレナだけじゃない。まりあも、舞香も、姫羅も、ユアンも、京子もそうなのか。

「あなたたちを見つけたあと、わたしは全員の健康状態を知りたかった。ここで、さっきの質問に戻るわね。どうしてここまでするのか――わたしは、あなたたちのHLA、ヒト白血球抗原の型を知りたかったの。

聞いたことはあるんじゃないかしら。よく骨髄ドナー登録を呼びかけているじゃない？　一致する確率は数百から数万分の一。

気の遠くなるような確率よね。でも知ってる？　同じ両親から生まれた子供は、なんと四分の一の確率にまで上がるの。つまり四人いれば、一人は完全一致するということになるわね。だんだん話が見えてきたかしら。そう。わたしは、ドナーを探していたのよ」

「ドナーなら、こんな大がかりなことをしなくても、いくらでもなってあげるわよ。わたしの派遣先でも、なってあげた人がいた。一週間くらい仕事を休んでたし、思ったより体に負担がかかったみたいだけれど、意義のあることをしたって満足してた」

「ありがとう。美咲は優しいわね。やっぱり恩人だわ」

エレナは嬉《うれ》しそうに声を弾ませた。

「さて、あなたたちの所在がわかったところで、いきなりHLA型の検査を受けてくれだなんて言ったら警戒されるだけよね。それに、知りたいのはＨＬＡ型だけじゃない。血液型、感染症の有無、生活習慣、心肺機能、身長や体重などたくさんある。レントゲンもＣＴも撮りたい。タトゥーもボディピアスもだめ、喫煙習慣もだめ。妊娠歴もだめ。これらのことを、全員一度に、かつ怪しまれずに調べる方法は？　ちなみにドナーは、同じ性別が望ましいの。つまり女性だけ、しかも似た体型である身長一七〇センチ前後でスレンダーな女性を一度に集めることになる。

——そう、つまり」

エレナが、さも嬉しそうに、誇らしげに微笑んだ。

「ミスコンの条件がぴったりだったの」

わたしは息をのみ、目を見開いた。

「もちろん、ランダムに思いついたわけじゃない。わたしの姉が、ミスコン出身者だったからよ。第三十五回ミューズ・オブ・ジャパンのミューズだった姉が」

「お姉さんが、前ミューズだったの……？」

エレナは誇らしげに頷いた。

「姉は病弱で孤独だった体験から、病気の子供たちを支えるプロジェクトを立ち上げて、それが審査員の胸を打ってミューズ・オブ・ジャパンのミューズに選ばれた。家族揃って日本に来て、ファイナル審査を見守ったわ。その時、わたしはまだ幼かったけれど、ステージの上の姉はまばゆくて、今でも瞼《まぶた》に焼き付いている。チャリティイベント中の事故の怪我で表舞台から姿を消したということになっていたみたいだけど、本当は違うの。持病が悪化してしまったからなのよ」

意図していないのに、勝手に体が震えてしまう。そうだ、今気がついた。わたしは裸なのだ。エレナがわたしの震えに気づいて、肩までシーツを引き上げてくれた。その手つきは、妹にするように、とても愛情にあふれていた。

「今回のオーディションには、もちろん色んな人が応募して来た。だけどスカウトしたのも、最終候補者に選ばれたのも、シスターズだけ。わたしは前ミューズと血縁を疑われないよう名字を偽って参加したの。ファイナリストが発表されたらすぐ、献血イベントと称して採血したわね。それからすぐにこの島へ渡った──少しでも感染症のリスクから隔離するために。

あなたたちの血液は、両親が所有する施設でＨＬＡ型と血液型以外に、日数をかけていろいろな疾患や感染症、細菌症など、細かく調べられた。

わたしの役目はこの二週間のキャンプ中に、あなたたちの真の姿をヒアリングすることだった。タトゥーや整形歴、豊胸歴、喫煙習慣がないかを確認する。血液検査の結果とヒアリングをもとにして、パーフェクトドナーが見つかったら、ミューズとして優勝させるつもりだった。そしてこの島に住まわせて、数か月ほどたったところで、不幸な事故にみせかけて殺すつもりだった。だからミューズ以外は、もともとは生きてこの島から帰れる計画だったのよ」

エレナが言葉を切って、少し遠い目をした。

「計画が狂い始めたのは、クリスが――いいえ、姉のレイラが発作を起こして昏倒《こんとう》してしまってから。あの時、実はわたしもバンケットルームに一緒にいたの。これからの流れを軽く打ち合わせするつもりで。本当は離れとか、もっと人目につかないところがいいと思ったのだけど、わたしとのプライベートな関係を疑われてしまうかもしれないでしょう。だからあえて、集合前のバンケットルームで落ち合うことにした。そうしたら胸を押さえて急に苦しみ始めて、のけぞった弾みで倒れて強く頭を打って――

わたし、とっさに思ったの。持病があることを知られては絶対にいけない。今回の計画が、どこからほころぶかわからない。誰かに襲われたことにしなければ、と。それで急いで血痕《けっこん》をトロフィーに擦《なす》り付けた。警察が正式に捜査をすればすぐにばれるような細工だけど、わたしはほんの数日間だけ稼げればよかったから。それから衛星電話を壊して、一台は隠し持った。

発作が起きてしまったということは、体は限界に来ている。もともとの計画だと、ドナーになってもらうのは数か月後だった。ミューズが決定したら、最高の医療チームに上陸してもらって、万全の態勢で行う予定だった。けれど、もう悠長なことは言ってられない。すでに病院の設備は整えてある。一刻の猶予も許されない。幸いわたしは移植手術のトレーニングを積んできた――だから、キャンプの間に、移植を遂行することを決心したの」

エレナが、隣の手術台に横たわるミスター・クリスを見た。わたしを見つめる時と同じ、慈しむような視線。

「姉はね、婦人科系も患っていて、ホルモン治療の関係で、ひげが濃くなって声も低くなってしまったの。最初は元ミューズとして参加することを考えていたんだけど、そうするといろいろな病気を抱えていることを話さなくちゃいけなくなる。だからいっそ、男性として参加することにしたのよ」

あまりの驚きに、声が出なかった。しんとした手術室に、機器のたてる規則的な電子音が響く。

「じゃあまりあは……エレナが殺したの？」

否定してほしかった。が、エレナは頷いた。

「どうして……？」

「覚えている？　あの子、アフリカに旅行に行ったって。マラリアの流行地域よ。流行地域に滞在した人は、一年間、献血をすることやドナーになることができないの。感染している可能性があるから。彼女が万が一感染していて、蚊がその血を吸って、別の誰かに感染させたら大変だもの。まりあには毒を飲ませて、すぐに隔離して密室で死んでもらわなくちゃならなかった。ドアも窓も頑丈だから安心していたのに、舞香が開けようとするから——だから死体からの感染を避けるために、燃やすしかなかったのよ」

「そんな……だったらまさか、舞香も京子も？」

「衛星電話を使おうと思って、電波の届く屋上へ行ったの。HLA型検査の結果がメールで届くはずだったから、それを読みたくて。そうしたら、舞香がやって来たから驚いたわ。あの子はわたしが屋上に行くのを不審に思ったみたいなの。そしてわたしが電話を使っているのを見て、犯人だとすぐに悟った。だから突き落とすしかなかったのよ。しかも運の悪いことに、それを京子に見られてしまった。あの子、舞香に目を光らせていて、ずっとあとを追い回していたでしょう」

エレナが涙ぐんだ。

「京子のことは、本当は殺したくなかった。だってドナーとして理想的だったんだもの。日本の外へ出たことがなく、タトゥーはもちろん、耳のピアスの穴すらあけたこともなく、整形や豊胸などで体にメスを入れたこともない。前々日のジムのトレッドミルで、簡易だけど心肺機能も大丈夫だということがわかっていた。あとはHLA型の結果を待つだけだった。

貴重な存在だから、絶対に殺したくなかったの。それなのにもみあううちに、バランスを崩して落ちてしまって――もしもHLA型の検査結果を読めていて京子がマッチするとわかっていたら、死後すぐに移植に踏み切ることもできたのだけど、読む前だったからリスクは冒せなかった。京子については、本当にもったいないことをしたのよ」

「もったいないって……舞香の命だって、同じでしょう?」

「だけど舞香はスモーカーだったじゃない? 心肺機能も落ちているだろうし化学物質も心配

だわ。とっても残念だけど、姉に捧《ささ》げるにはふさわしくなかった。仕方がなかったのよ」

エレナは悼むような表情だったが、その口調には徹底した信念がこもっていて、恐ろしくなる。

「ユアンのことも、健康的だし悪習慣もないし、良いドナー候補だと思ってた。だからさっき三つ巴《どもえ》になってしまった時、死なれては困ると思って必死だったの。だけど彼女、子供がいるって言ってたでしょう？　胎児は他人のＤＮＡを持つから、感作されてしまうの。ユアンは理想的なドナーとはいえなくなってしまった。だからそれを聞いてから、彼女のことも必要なくなったの」

エレナは残念そうに首を横に振った。

「そうそう、姫羅も候補から外していたわ。体にメスを入れているということは、感染症のリスクがあがるものね。ああ、だけど、彼女たちはみんな、美しかったわ。死という運命が透けて見えると、はかない輝きを放つものね。共に生きる縁はなかったけれど、わたし、彼女たちのこと、シスターたちのこと、きっと忘れないわ」

噛《か》みしめるように言ってから、あらためてわたしの顔を覗き込んだ。

「そして、ああ、美咲。舞香と京子と屋上でもみあった時、衛星電話がテラスに落ちて見当たらなくなって、ずっと検査結果を見ることができなかったのよ。まさかユアンが拾っていたなんてね。やっとさっき見ることができたわ。喜んで――あなたこそが、パーフェクトマッチだったのよ！」

感極まったように声を震わせ、エレナがわたしの手を両手で握った。瞳《ひとみ》がきらきらし、頬が紅潮している。

「本当はね、心臓の移植ではHLA型は必ずしも完全一致しなくてもいいと言われているの。だけど一致していた方が拒絶反応は少ない。失敗は許されないもの、念には念を入れなければね。わたしは、姉を治療するために心臓外科医として鍛錬してきた。アメリカは世界でもトップレベルの心臓移植の技術を誇る。わたしは姉の執刀医になりたくて、研鑽《けんさん》を積んできたのよ」

「心臓……？　まさか……移植って……」

「言ったでしょう、美咲は命の恩人だって。ああ、安心してね。心臓移植で一番大変なのは、ドナーから取り出してから、いかに劣化させずに素早くレシピエントに届けるかということなの。だけど今回は、隣同士なんだから、その心配はないでしょう？　血管をつなぐこと自体は難しくないから、わたし一人でなんとか頑張れると思うわ。というより、必ず成し遂げてみせる」

エレナがさらに握る手に力を込め、歌うように朗々と語り始めた。

姉にずっとコンプレックスがあったって前に話したでしょ？　そもそもわたしが生まれたのだって、姉のためだった。体が弱い姉にかかりきりだったから、両親はもう子供を持つつもりはなかった。だけどあまり学校へ行けなかった姉は友達も少なくて寂しがって、いつも一緒に遊べる妹が欲しいってねだったの。だから両親は、もうひとつ女性だと判明している受精卵を移植することに決めて、産後に残りを寄付したの。姉がねだってくれなかったら、わたしはそもそもこの世に生まれていないの。

年が離れているから姉はわたしを可愛がってくれたし、小さい頃は姉のことが大好きだった。だけど、わたしは気が強くておてんばで、男子とも喧嘩《けんか》ばかり。学校のプリンシパルに呼び出されるたび両親には怒られてたわ。そして小学校高学年になると、みんながわたしと姉を比べてることに気づいた。お姉さんは優等生だったのに。お姉さんは優しかったのに。お姉さんは綺麗《きれい》なのに。その年ごろの女の子にとって、比較されるのって残酷よね。成長するにつれて、わたしはどんどん姉を嫌いになって、離れていった。

子供の頃から感じていたコンプレックスは、姉がミューズになった時にピークに達したわ。教養と優しさだけじゃなくて、美貌だってトップだと証明されたんだもの。知性、優しさ、美貌――全てそろった人間がそばにいると、どうなるかわかる？　すり減っていくの。ますますわたしの存在なんてなくなっていくの。

だからわたし、反発ばかりしてた。一緒にいたくなかった。だけど姉は、わたしを可能な限りどこにでも連れて行きたがった。ミューズの任期中は日本を拠点にすることになっていたけれど、アメリカでのイベントも多かったから月に二回はアメリカのどこかにいて、パーティやイベント、講演会にわたしを同行させるの。わたしのことを引き立て役にしてるんだ、って悔しかった。引き立て役じゃなければペット。またはマスコット。良い姉を演じるためのね。学校のある日は断れるけど、長期休暇の時なんて最悪。本当に嫌で仕方がなかったの。

　ある時、また姉のチャリティーパーティに誘われた。場所は東京。ちょうどミドルスクールが夏休みで、東京にはもう一度行きたかったから承諾した。観光気分でうきうきしていたけど、当日、会場のホテルで姉がスピーチすると観衆は感激して涙ぐんで、手を振るとうっとりしてるのを見て、みんなばかじゃないのって白けたわ。わたしはお揃いのドレスを着せられて、籐の籠を腕から下げてステージの袖に立っていた。スピーチが終わったら、籠を持って観衆の間を回って、募金してもらうっていう役。つくづく嫌気がさして、籠をほっぽりだして、こっそりステージの裏から出たの。

　ホテルの外に出たら、何もかもが刺激的で、わたしは舞い上がってしまった。ファッション、食べ物、音楽――珍しいものがいっぱい。お金ならたくさん持たされてる。買い物をして食べ歩きをして……もう夢中だった。だから気づかなかったの、赤信号を渡っていて、車が来ていたことに。

　あ、と気づいた時には、車は目の前にあった。ああ死んじゃう――とっさに目をつぶった時、なにかに弾き飛ばされた。車にぶつかったにしては、柔らかくて衝撃は少ない。恐る恐る目を開けると、ドレス姿の姉が、わたしに覆いかぶさっていた。

——そう、就任中に起きた事故はわたしのせいだったのよ。

車はとっさに急ブレーキを踏んだから、姉は軽傷で済んだ。だけどたまたま運が良かっただけで、死ぬ可能性だってあった。病院に駆けつけた両親は号泣していたわ。もちろんわたしは叱られた。わたしも、もしかしたら自分のせいで姉を失ってたかもしれないと思うと恐ろしくなって、泣きながら謝ったの。だけど姉は笑顔で言ったわ。エレナを助けられるなら、命なんてちっとも惜しくなかった、って。わたし、やっとその時初めて、どれだけ深く姉に愛されているかわかったの。これまで、いかに自分が愚かだったかってことも。

それからのわたしは、姉の愛情を素直に受け取ることにした。姉がわたしに命を懸けてくれたように、わたしも姉を大切にした。だから姉の病状が進んで、弱っていくのを見るのは辛かった。ミューズとしてのハードスケジュールはとてもこなせなくなって任期中に退かなくちゃならなくなった時、姉は悔しくて泣いてた。わたし、姉がそんなに悲しんでるのを見るのは初めてだった。わたしまで共鳴して悲しくなった。姉のために、今度はわたしがなにかしてあげないと、と考えて、そして医師を目指すことに決めたの。それまでのわたしは学校もさぼり気味だったけど、姉のためならと頑張れるようになった。姉はわたしに人生の目標と夢も与えてくれたのよ。

だけど医師になったものの、姉の病状はますます進行して難しくなっていくばかり。いよいよ移植しか方法がなくなって、ドナーリストに登録した。姉の命が尽きるのが早いか、ドナーが現れるのが早いかというギリギリの状況。ああ、美しくて優しくて完璧な姉。あとは健康さえ揃えばいい――だからわたしが健康をあげる。そう思ったのに――適合しなかったの。四分の一に、わたしはなれなかった。

生きたいと泣く姉のために、わたしは何もできない。姉のお陰で、わたしは生まれてくることができたのに。姉のために生まれてきたわたしの命は、体は、もともと姉のものなのに。

その時わたし、思い出したの。あなたたちのことを。姉のお陰で生を受けることのできたあなたたちのことを。その中にならきっと四分の一はいる。そうしてわたしは、あなたたちを捜し始めた。

みんなに会えた時、懐かしいような、とても不思議な気がしたわ。嬉しかった。想定外のことが起こりさえしなければ、良いお友達になれたかもしれないのにね。だけど仕方がないわ。全ては姉のため。もともと、姉から分けてもらった命だものね――

語り終えると、エレナは潤んだ目をして、握ったわたしの手に口づけた。

「ああ美咲、本当にありがとう。ずっと薬で眠らせていたけれど、手術が終わって姉が目を覚ましたら、あなたに心から感謝するわ。あなたは姉の中でこの先も生き続けることができる。あなたの心臓が、姉の体の中で拍動するなんて、なんて素敵なことかしら。ねえ、美咲もそう思うでしょう？　これから、わたしたちはずっと一緒なのよ」

エレナはわたしの手を離すと、弾むように点滴スタンドの方へ行った。そしてシリンジを手にすると、管から薬液を注入していく。わたしは必死に体を揺するが、縛り付けられていて動けない。

「やめて！　エレナ、やめて！」

「姉が元気になったら、何年か日本で暮らしてみるのもいいねって話してるの。わたしたちのルーツだもの」

「お願い、やめて！　いやー！」

「怖がらないで。あなただって、姉がいなければ生まれてこなかった命なのよ。姉からもらった命だもの。姉に返すのは当然じゃない？　カエサルのものはカエサルに――そういうことでしょう」

こんな時なのに、薔薇色の頰をし、ダイヤモンドのように瞳を輝かせたエレナは、なんと美しいのかと魂を摑まれそうになった。

「じゃあそろそろ始めるわね。おやすみなさい、美咲。大好きよ。わたしたちの、可愛いシスター」

最後に目にしたエレナの表情は、姉妹愛にあふれた、慈しみ深いものだった。

エピローグ

エレナの話は、まだ続いていた。

「追い詰められたわたしたちは、嵐の中、外に出るか、ヴィラで隠れるか迷った末、ヴィラの中でバラバラに身を隠しました。美咲はしばらく『かくれんぼね』と機嫌よく捜していましたが、つまらなくなったんでしょう。ガソリンのにおいがしたかと思うと、ヴィラのあちこちから火の手が上がり始めたのです。わたしたちは外に出るしかありませんでした。美咲は刃物を持ってわたしたちに向かってきました。そして姉の上半身を深く切りつけたのです。致命傷になりかねないほどでした。わたしは必死で美咲を取り押さえて、もみ合ううちに——あやまって美咲は海へ流されてしまいました」

エレナが肩を震わせ、嗚咽《おえつ》した。

「仕方がなかったんです。そうしないと、わたしたちが殺されてました」

「落ち着いてください、正当防衛として罪に問われない可能性が高いです」

隊員はなんとかエレナをなだめ、落ち着かせた。自分の仕事は、この二人が国際的な犯罪に関わっていないことを確認すること、上陸させても大丈夫かどうかを判断することだ。今後エレナがこの件で罪に問われるかどうかは、自分の管轄ではない。

「それにしても、なぜ美咲さんはこんなことを――」

「わかりません。けれども、ノートに今回の計画が書き殴ってありました。精神が崩壊寸前だったのかもしれません。今となっては、何とも――」

エレナがバックパックからノートを取り出した。湿っていたが、字は滲《にじ》んでいない。確かに部屋を密室状態のままオイルと缶スプレーを使って燃やす方法などが乱雑に書かれてあった。

「三流作家としてくすぶっているうちに、なにかが彼女を蝕《むしば》んでいったんでしょう。そして島に来ることが決まった時点で、今回のことを思いついたのかもしれません。結果的に、君嶋美咲の本はこれから売れるでしょう。名前も――悪名ですが残るでしょう。作家として消えることより、稀代《きたい》の悪女として語り継がれていく方が美咲にとっては正義で、幸せなことだと感じたのかもしれません。もう、本人に確かめることはできませんが……」

「気に病まないでください」と隊員は慰める。「いずれにしても彼女を救えなかったのは、あなたの責任ではありません」

自分だってこれまでの救助活動で、仲間や救助者の命を諦めなければならないこともあった。

見捨てたのではない。見限ったのでもない。ただ、どうしようもなかった。人間の正義の定義なんて不安定だ。

「とにかくお二人が助かって良かったです。美咲さんに切られたことは不運でしたが、こうして一命をとりとめられたのですから」

「ええ。急いで手術を行ったので、なんとか間に合いました。島ですが、かなり設備は整っていて、薬剤も豊富にあります。けれども免疫抑制剤など足りなくなってきたものもありました。島に留《とど》まるにもリスクは高かったので、先ほど話しましたように、思い切ってボートで陸を目指すことにしたのです。ですが予想以上に波が荒くて方角もわからなくなり——救助していただかなければ今頃どうなっていたか——」

エレナがそう言った時だった。ベッドからかすかなうめき声が聞こえた。

「大丈夫？　気分はどう？」

それに対して、かすかな返答が聞こえた。彼女は耳を近づけ、うん、うん、と嬉《うれ》しそうに頷《うなず》くと、相手の背中に腕を差し入れ、そうっと起こした。

「喉《のど》が渇いたみたいです。お水をいただけますか？」

隊員は棚からペットボトルの水を取り、ストローを入れて手渡した。彼女は礼を言いながら受け取ると、レイラの口元にストローを当ててやる。ゆっくりと水を飲んだ後、やっと人心地ついたように、長い息を吐いた。

「助けていただいてありがとうございます」

弱々しく、掠《かす》れた声。顔色もまだまだ悪い。無理もないだろう。

「どういたしまして、レイラさん」隊員はパスポートのコピーを確認しながら、あらためて呼びかけた。「レイラ・ナカノ＝クリスさん」

最初ボートで助けた時、大柄だったこと、そして背負った時に胸に柔らかさがなかったことから、ずいぶん整った顔をした男性なのだと思った。けれどもパスポートを確認すると女性だった。男だと言い切られても、女だと言い切られても、どちらでも納得できるような、できないような気がする。まるで性別を持たない天使のようだ。

「ご気分はいかがですか？」

「痛みはありますが、なんとか」

苦しげだが、さきほどより声は出ていた。声そのものは、男性のそれだ。

「戸惑いますよね」

隊員の複雑な反応に気づいていたのか、彼女が言った。

「いえ、そんな――」

「隠さなくても大丈夫ですよ。周囲の反応には慣れていますから。婦人科系疾患の治療の過程で、声や体毛なども男性化してしまいましてね。男性と名乗っているわけではないですし、女性だと隠しているわけでもないのですが、ビジネス上、正直男性として動いた方が何かと有利なことはありますので、性別は積極的には開示していないのです。アメリカでも、まだまだガラスの天井はありますのでね。名前もレイラから一文字落としてレイで通しています」

「はあ、なるほど。ところで、お二人ともナカノ＝クリスという名字ですが、ご家族なのでしょうか」

「ええ、姉妹です」

レイラが答える。

「アメリカでは結婚時に名字を夫婦どちらかで統一する必要はないので、両親の複合姓なのですが、日常生活ではナカノだけを使っています。インドの方にはおわかりにならないかもしれませんが、『クリス』に使われている漢字が少々特殊でしてね。そこそこ大きな会社を経営していて、ヒルトンやトランプほどの苦労ではないでしょうが『クリス』と名乗ると日本の方には色眼鏡で見られてしまうことも多くて。だから十五年前にこのコンテストに参加した時も、ナカノ・レイラ名義でした」

「なるほど、そうでしたか」

その時、レイラが痛みをこらえるように顔をゆがめた。

「大丈夫ですか？　手術したばかりだと伺いましたが、よろしければ船医を呼びましょうか。女性の船医もおりますが――」

二人は同時に、力なく首を振った。

「けっこうです。今は知らない人に触れられることが、とても恐ろしく感じられるので」

「ええ。アメリカに戻ってから診察を受けます」

確かに無理もないだろう。意識もしっかりしているし、本人たちの希望がない限り、診察は必要ない。それにエレナは医師であり執刀したらしいから任せよう。いずれにしても、この事件は我々の管轄ではない。

パスポートの照会が終わった、とインターカムで連絡が来た。二人にはテロ組織との関係や犯罪歴はないということだった。海賊やテロリスト、不法移民などでないのであれば、自分の役目はここまでだ。

再び耳元にインターカムが入り、その内容を二人に伝える。

「該当の島はモルディブ共和国なので、モルディブ当局が捜査することになりました。お二人は日本国籍でアメリカ在住ですが、すでにモルディブに入国しているので、いったんモルディブの港に寄港し、降りていただくことになります。そこからすぐアメリカに帰国するのか、体調が回復するまで滞在するのか——各所とよくご相談なさってください。我々ができることは、お二人を安全に上陸させるところまでです」

「わかりました。ありがとうございます」

二人が、そろって頭を下げた。その拍子に、レイラが咳《せ》き込む。エレナはすかさず寄り添って、肩から毛布を掛けてやっている。レイラの顔は青白く、弱々しい。それなのに、なぜだか内側から発光するような生命力に満ち溢《あふ》れているように見えた。

「ほら、陸が見えてきましたよ」

そう声をかけると、彼女たちのこわばっていた頬が柔らかくほぐれた。二人は揃って、嬉しそうに窓の外に目をやる。並んだ美しい横顔は、どことなく似ている。

エレナが、レイラの胸の中心に手を当てる。するとレイラはさも大切そうにそこに手を重ね、ゆっくりと頷いた。

船は速度を落とし、時間をかけて港へ入っていく。二人は重ねた手を握り合いながら、何か新しい始まりでも心待ちにするように、きらきらとした目で外に広がる世界をじっと見守っていた。

秋吉理香子（あきよし　りかこ）
兵庫県出身。早稲田大学第一文学部卒業。米国ロヨラ・メリーマウント大学大学院にて映画・ＴＶ番組制作修士号取得。2008年に「雪の花」で第３回Yahoo! JAPAN文学賞を受賞。09年に同作を表題作とする短編集『雪の花』でデビュー。13年に刊行した『暗黒女子』は映画化され注目を集めた。他の著書に『聖母』『放課後に死者は戻る』『灼熱』『監禁』『月夜行路』『無人島ロワイヤル』『機長、事件です！』などがある。

本書は、「小説 野性時代」2023年11月号～2024年２月号に連載したものを加筆修正しました。
この作品はフィクションです。実在の人物・団体・事件とは一切関係がありません。

殺《あや》める女《め》神《がみ》の島《しま》

2024年３月４日　初版発行

著者／秋吉《あきよし》理《り》香《か》子《こ》

発行者／山下直久

発行／株式会社KADOKAWA
〒102-8177　東京都千代田区富士見2-13-3
電話　0570-002-301（ナビダイヤル）

印刷所／大日本印刷株式会社

製本所／本間製本株式会社

ISBN 978-4-04-114479-4　C0093